邵毅平 著

南洋的幻象

拉美西葡文学札记

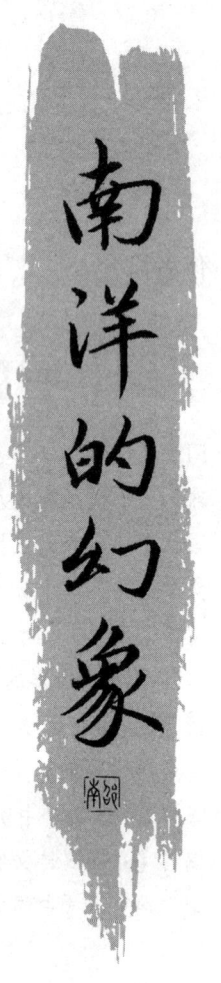

上海文化出版社

作者简介

邵毅平,江苏无锡人,1957年生于上海。文学博士,复旦大学中文系教授、博士生导师。专攻中国古典文学、东亚古典学。著有《诗歌:智慧的水珠》《小说:洞达人性的智慧》《论衡研究》《中国文学中的商人世界》《文学与商人》《中国古典文学论集》《中日文学关系论集》《东洋的幻象》《诗骚百句》《胡言词典》《马赛鱼汤》《今月集》《远西草》《西洋的幻象》《东亚古典学论考》《中西草》《如何阅读文学经典》《中国文学特别讲义》《南洋的幻象》及"朝鲜半岛三部曲"等廿二种。译有《中国文学中所表现的自然与自然观》等多种。编有《东亚汉诗文交流唱酬研究》。为复旦版《中国文学史》《中国文学史新著》作者之一。

北方才是领袖……南方也存在。

——马里奥·贝内德蒂《南方也存在》

目录

最彰显人性的故事　1
飞机上的睡美人　5
间谍、寡妇、菜农和诗人　11
六点钟到达的女人　20
走过自己的中世纪　26
活着为了虚构　40
死人比活人还多　57
普鲁斯特大夫的拉美弟子　67
迷失东京　74
庄园主和中国姑娘　84
"《中国古代酷刑》"　91
"我不喜欢"　97
《洛丽塔》的厄运　109
廉价知识分子与逆向种族偏见　113
"勇敢的小萨特"
　　——拟略萨致萨特书　119

框架结构或中国套盒　125

木马传奇传入西班牙　129

塞万提斯讽刺伪学者　135

堂吉诃德参观印刷所　140

堂吉诃德谈专业选择　145

哭还是不哭，这是个问题　151

抽签起堂　160

在公交车上　162

所有人都疯了　165

英雄所见略异　179

两个世界　185

最讨厌的书　191

坠物之声　198

人间王国　207

光明世纪　213

诺贝尔奖之幽灵　223

跋　230

最彰显人性的故事

一

在《如同受难的鬼魂》(1981)一文里,马尔克斯讲过一个小故事,说那是个在他一生中给他留下最深刻印象、最荒唐同时也最彰显人性的故事。

西班牙内战初期,在阿维拉监狱,一个冰冷的早晨,行刑队把一个共和派俘虏从牢房里提出来枪决。他们得一起走过一片白雪覆盖的原野才能到达刑场。行刑队的人身穿御寒的大衣,戴着手套,头上还戴着三角帽,可即便裹得严严实实的,在穿过那片冰封的荒原时,他们仍冻得瑟瑟发抖。那个可怜的共和派俘虏,只穿了件绽开线的呢子夹克衫,唯有不断搓一搓自己冻僵的身体,一面大声抱怨天太冷了。到了后来,行刑队的指挥官实在受不了他的抱怨,大声呵斥道:

"他妈的,大冷天的别装什么烈士了。你想想我们几个吧,待会儿还得走回去呢。"

二

在《爱与战争的日日夜夜》(1978)一书里,加莱亚诺提到布宜诺斯艾利斯给他留下的一幅画面,他不知道是真的经历过还是某晚做的噩梦:

人群拥堵在一个地铁站,空气黏稠,窒息感,地铁一直没来。大概过了半个小时,听说有个女孩在上一站跳轨自杀。一开始是静默,有小声的议论,像在灵堂里:"可怜的姑娘,太可怜了。"但是地铁还是一直不来,大家上班都要迟到了,于是人们不耐烦地跺着脚说:"她干吗不去别的线路跳?非要在这儿跳。"

三

在普鲁斯特的《追忆似水年华》第三卷《盖尔芒特家那边》(1920—1921)里,有天晚上,盖尔芒特公爵夫妇忙着打点出门,要去参加一个他们看重的社交晚会。这时,他们的老朋友斯万来了。二十五年里,他几乎每天来看公爵夫人。闲聊中,公爵夫人说起他们夫妇明年想去意大利过春天,邀请斯万和他们一块去,在他们参观古老的罗马教堂和那些就像文艺复兴派画家画出来的小村庄时,给他们当讲解员。斯万回答说,他确信这是不可能的。公爵夫人很好奇,他怎么提前十个月

就知道自己不能去意大利。满脸病容的斯万说，自己身体很不好。公爵夫人继续追问，并不是要他一个星期后就做这件事，而是十个月以后，十个月的时间够他治病的了。

这时，一个仆人前来报告说，车已经备好了。"走吧，奥丽阿娜，上车吧！"公爵早已急得跺脚了。

"那么，您简单说一句，什么原因使您不能去意大利？"公爵夫人一面问斯万，一面站起来准备告别。

"亲爱的朋友，几个月后我就要死了。去年年底，我看了几个医生，他们说，我的病很快就会断送我的性命，不管怎样治疗，我也只能活三四个月，这还是最长的期限。"斯万微笑着回答。

"您胡说什么呀。"公爵夫人嚷道，她停下脚步，但只停了一会儿，便又向马车走去。"您这是开玩笑吧？"她对斯万说。

"那这个玩笑就开得太有意思了，"斯万嘲弄地回答，"我不知道为什么要给您讲这个，我一直没对您讲我的病。但是，既然您问我，而且说不定哪天我就会死去……不过，我不愿意耽搁您，您要出去吃饭。"

公爵夫人一面继续朝马车走去，一面垂下肩说："这顿饭无关紧要，不用管它！"

但是，这话惹恼了公爵，他大声嚷道："行了，奥丽阿娜，别在那里和斯万穷聊、哀叹个没完了！您明明知道，德·圣德费尔特夫人一到八点就要开饭的。您应该清楚您要做的

事,您的马车已等您足足五分钟了。""请您原谅,夏尔,"他轻声对斯万说,"差十分钟就八点了。奥丽阿娜总是迟到,到圣德费尔特妈妈家要五六分钟呢。"

公爵夫人坚定地朝马车走去,最后一次同斯万说再见:"这个问题我们以后再谈,您知道,您所说的我一个字也不信,但应该在一起谈一谈。他们可能把您吓傻了,哪天您愿意,来我这里吃午饭,您把日期和时间告诉我。"

公爵客气地把斯万送到门口后,以洪亮的嗓音高声地对着已经走到院子里的斯万喊道:

"喂,您那,别信医生那一套。让他们的话见鬼去吧!他们都是蠢驴。您的身体好着呢。您能参加我们所有人的葬礼。"

四

我也很好奇,两千多年前,当司马迁给正等待年终处决的任安写那篇感天动地、名垂千古的《报任安书》抒发自己的一腔愤懑时,他想到过死到临头的收信人的感觉吗?

(马尔克斯《回到种子里去》,陶玉平译。加莱亚诺《爱与战争的日日夜夜》,汪天艾译。普鲁斯特《追忆似水年华》第三卷《盖尔芒特家那边》,潘丽珍、许渊冲译。)

2023 年 11 月 4 日

飞机上的睡美人

她容颜姣好,活力四射,柔嫩的麦色皮肤,一双碧绿的杏仁眼,一头黑发又直又长,披在背上,自带一种东方古典气质。她的衣着品位高雅,体现在细节之处。"这是我今生今世见过的最美的女人了。"排在巴黎戴高乐机场的值机队伍里,看见她仙女般的身影如惊鸿掠过,马尔克斯灵魂出窍,心里暗暗这样想道。等到走进机舱,被带到登机牌上指定的座位前,看见她正巧坐在靠舷窗的邻座,他几乎无法呼吸,默默地问自己,是他俩谁的运气不好,才会引发这样可怕的巧合?

她把自己安顿好,关照空乘说,在飞行途中无论发生什么事都不要叫醒她。她的嗓音沉郁而温和,带着一种东方式的忧伤。然后她服下两片金色药片,调低椅背,盖上毛毯,戴上眼罩,背对着他侧躺在座椅上,像是回归到了胎儿状态,开始睡觉。在飞往纽约的七八个小时的漫长航程中,她一次都没有醒来,没有喘过一口大气,甚至睡姿也没有任何改变。

那是一段令人激动的旅程。他一向惧怕坐飞机,天然恐

惧双脚离地,但现在已忘了恐惧。身边睡着一个童话般的美女,在她的魅力笼罩下,他一刻也无法逃离。他在心中默念,如果美人醒来,他会对她说些什么。客舱的灯都熄灭了,他俩在幽暗中独处。他一次又一次,几乎是一寸寸地,仔细品鉴她,她的额头,她的脖子,她的形状完美的耳朵,她的麦色皮肤……他把椅背调到跟她一样的高度,与她并肩躺在一起,比在一张双人床上的距离还要近。她轻轻呼出的气息如她的嗓音一般甘美,她肌肤间散发出来的淡淡香气自然天成。他先是一遍遍地默诵赫拉尔多·迭戈那首令人难忘的十四行诗,然而五个小时的飞行之后他突然明白了,他的状态并不太符合那首十四行诗的境界,而更接近于另一部现代文学的大师之作,日本作家川端康成的《睡美人》(1961)。

他历经一段漫长而特别的过程,大约仅仅是在一年前(1981)的春天,才发现了这本美丽的小说,使他的灵魂深受震撼。此前他对日本文学的认识,仅限于上高中时知道的一些感伤的俳句,谷崎润一郎译成西班牙语的几个短篇。此外他对日本作家能算得上深入的了解,就是他们或迟或早总归是要自杀的,比如太宰治、三岛由纪夫、川端康成……不过几年前他在巴黎的时候,有人介绍他认识了几个日本作家,他们一起度过了一个愉快的晚上,尤其幸运的是那天没有人自杀。那天他学到的最重要一点是,他们全都是些疯子。难得的是他们也都认同他的看法,并说正因如此他们才想认识

他。最后，在有一点上他们说服了他：对于日本读者而言，毫无疑问，他就是个日本作家。

为了弄懂他们这话的意思，他花了差不多一年的时间，读了远藤周作、大江健三郎、井上靖、芥川龙之介、井伏鳟二、太宰治、川端康成、三岛由纪夫等人的作品，最终他相信了他们的说法，觉得日本小说与他的小说确有共同之处，那就是某种无法言传的东西。但在林林总总的日本文学作品中，只有一本小说真正打动了他。要是真让他来写的话，他唯一想写的还是川端康成的《睡美人》。此刻在飞往纽约的飞机上，有美人安卧在侧，守护着美人的梦，他总算是有了一次类似的体验，也多少理解了日本老人的怪癖。

但他一点都高兴不起来。他欣赏着身边的睡美人，心中涌上了无名的焦灼。在飞行的最后阶段，他唯一的愿望就是能看到她醒来，颠簸把她摇醒或空乘把她唤醒，甚至自己随便找个借口把她弄醒，哪怕她醒来怒气冲冲——最好是醒来惊慌失措，不得不躲进他的怀里——这样他才能重获自由，也许还能恢复青春。可是事与愿违，她的睡眠是不可战胜的。她直到飞机落地才醒来，收拾了一下站起身来，没看他一眼便出了舱门，永远消失在了人群中，连一声"再见"都没有说。看来，他俩中运气不好的还是他。

他对川端康成《睡美人》的迷恋过程，也止步于飞机上这个熟睡的美人。因为他似乎开始明白了，他无法欣赏睡着

的美人,而只能欣赏醒着的美人。他需要跟活人互动,他需要挑逗和呼应,他需要调情和共鸣。正是有了这次飞机上的实际体验,他意识到了自己与川端康成的区别,也发现了加勒比地区与日本的距离,找到了自己某部长篇(或许就是《苦妓回忆录》的前身)难产的原因。这是他在1982年前后开始写的,灵感大概来自于一年前读过的《睡美人》,但刚开了个头就写不下去了。"为了找到解决办法,我又一次读了两本我觉得会有帮助的书……另一本是川端康成的《睡美人》,三年前这本书曾使我的灵魂深受震撼,现在它仍然是一本美妙的书,可这一次它也没能帮上忙,因为我想寻找的是关于老年人性行为的线索,而我在这本书里看到的是日本老年人的性行为,看上去和日本的一切同样怪异,和加勒比地区老年人的性行为风马牛不相及。"(《如何写小说》,1984)

一次,他在餐桌上谈了自己的困惑,一个搞艺术的儿子(罗德里戈或贡萨洛)建议他重读《少年维特之烦恼》,大概因为他小说里的少女也有弟妹需要照顾,就像《少年维特之烦恼》里的夏洛特一样。但他读到维特的第八封信就再也读不下去了,少年时曾感动过他的这本名著再也帮不上忙了。他无奈接受了那个更讲求实际的儿子(贡萨洛或罗德里戈)的建议:"再等上几年吧,到时候你用亲身经历讲一讲就可以了。"(同上)

他这一等就是二十年(就像《百年孤独》《族长的秋天》

《一桩事先张扬的凶杀案》《十二个异乡故事》分别等了十几或几十年），等来了其绝唱《苦妓回忆录》（其实应译作《忆苦妓》，2004）。"我"记起了从前认识的地下妓院的老鸨，打电话给她："就是今天了。"老鸨叹了一口气道："哎哟，我忧郁的学究，你消失了二十年……"这消失了的二十年，也就是他从难产到定稿这部小说的二十年吧（据《我们八月见》原版编辑手记，他是在2002年6月9日完成了回忆录《活着为了讲述》终校样的校对工作后，从当年8月到翌年7月重写这部小说的，那时的书名还是《她》，这距离他1982年左右开始写这部小说正好过去了二十年）。他先是向川端康成致敬，接着便掉转了枪口，在前贤止步的地方前进，打出了一片全新的天地（参见拙稿《睡美人》，收入拙著《中西草》）。追根溯源，这首先得拜飞机上的睡美人之所赐吧。"别耍老头子的浪漫，叫醒她，用那根魔鬼因你的懦弱和你的吝啬而赏给你的××把她干到疯吧。说真的，你还没尝过带着爱情上床的美妙滋味呢，可别这样就死了。"在《苦妓回忆录》中，"我"的老情人这样激励"我"。这是与《睡美人》画出的一道清晰界线，也是拉美文学与日本文学之间的鸿沟。

这次飞机上的奇异经历，在另一点上，也预示了后来的《苦妓回忆录》。马尔克斯说，在睡美人于纽约下飞机后，他继续飞往墨西哥城。在飞机降落前，他填写入境登记卡，心头一阵酸楚——职业：日本作家。年龄：九十二岁。《苦妓回

忆录》上来就说："活到九十岁这年，我想找个年少的处女，送自己一个充满疯狂爱欲的夜晚。""我"的行为正如一个"日本作家"（川端康成）。小说结束时，"我"满了九十一岁，进入了九十二岁——与二十余年前的入境登记卡若合符契。

这次飞机上的奇异经历，马尔克斯至少写过两遍，而且都写于1982年。一个文本发表在1982年9月20日墨西哥城的《前进》上，后来收入了《回到种子里去》（原名《世纪丑闻》，2018）；另一个文本收入了《十二个异乡故事》（1992）。两个文本大同小异，可见他的念念不置。

（马尔克斯《回到种子里去》，陶玉平译；《十二个异乡故事》，罗秀译；《苦妓回忆录》，轩乐译；《我们八月见》，侯健译。）

2023年11月4日

间谍、寡妇、菜农和诗人

一

第一次世界大战期间的1916年夏天,青岛大学前英语教师余准博士,阴差阳错地成了德国间谍,掌握了英国炮队所在的城市名,却因身份暴露而遭到追杀,无法将情报传递给柏林。余准想出了一个匪夷所思的办法:他杀害了著名汉学家艾伯特——他与炮队所在的城市同名。除了杀掉一个与城市同名的人,他找不出其他办法来传递情报。柏林的头头破解了这个谜,德国飞机轰炸了那座城市,迟滞了英军原定的进攻日期。余准博士自称,其计划的实施过程很可怕,但他不是为德国干的,他才不关心那个野蛮的国家,它使他堕落成了一个间谍;他之所以这么做,是因为他觉得,头头瞧不起他这个种族的人,瞧不起在他身上汇集的无数先辈,他要向他证明,一个黄种人也能够拯救他的军队。最后他被抓起来等着上绞架,留下一份由他本人签名核实的证言(缺了前两页),没有人知道他的无限悔恨和厌倦。(《小径分岔的

花园》，1944）

虽然故事里充斥了博尔赫斯对中国文化的炫博，但他在该书序言中自称这是一部侦探小说，"读者看到一桩罪行的实施过程和全部准备工作，在最后一段之前，对作案目的也许有所觉察，但不一定理解"。

为什么是青岛人做了德国间谍？可能是一战前青岛有德租界，胶东半岛属德国的势力范围。为什么是前英语教师？因为要潜伏在英国活动，当然必须要懂得英语。为什么他要向德国人证明，一个黄种人也能有所作为？或许作者自己是个白种人，抱着对有色人种的优越感，把黄种人看成是一个整体，以为黄种人都会有同样的想法——其实中国人只重视家国认同，不大会想到黄种白种的问题。为什么杀害无辜以传递情报，这么残忍的事让中国人来做？也许在一般白种人的印象里，中国人就是既聪明又残忍的，比如英美文艺中的那个傅满洲——他后来也出现在略萨的《潘达雷昂上尉和劳军女郎》（1973）里："人们都叫他伯利恒区的傅满洲。"

二

那个夏天的夜晚，人们吃着饭后甜点，喝着兑了果渣酒的咖啡，听秃头罗萨蒂回忆往事，欣赏着他的幽默与豪爽。他开始讲述一个徐娘半老的中国女人的故事，她养了几只

鸡，靠寡妇抚恤金过活，生活窘迫，还抚养着一个十三岁的女儿。他经常去寡妇那儿，每次都会带上礼物，讨取她的欢心。她女儿是个沉默的女孩，寡妇让她别这么不合群。有一次，他注意到女孩的黑眼睛，她的纯棉上衣开始隆起。寡妇大概也感觉到了什么，因为她哭了，她说，他不像过去那么爱她了，他肯定会把她忘记的，因为她不像以前那么有用了。人们永远无法得知他们是如何达成协议的，寡妇突然去找女儿，把她拖进了屋子，亲自剥下她的衣服，而他则在床上等着。女孩大声尖叫，绝望地挣扎，而她的母亲则按住她的腿，直到事情结束。"我记得，"罗萨蒂微微低下秃头，羞愧但态度挑衅地说，"她哭得真厉害呀……"没有人发表评论，大家都缄默不语。（《写故事的日记》，收入《不合时宜》，1982）

马尔克斯曾写过一个有着长长标题的悲惨故事：《纯真的埃伦蒂拉和她残忍的祖母令人难以置信的悲惨故事》（1972）——它此前曾以简约的形式出现在《百年孤独》（1967）里。在1967年12月2日致略萨的信中马尔克斯说，那是他多年前失去兴趣的一个短篇小说，在《百年孤独》出版后他觉得是时候写它了，这是在他身上发生的一个小奇迹，他写的时候就像个精灵那样开心（《从马尔克斯到略萨：回溯"文学爆炸"》，2015）——其中祖母对孙女所做的事情，便跟科塔萨尔上述故事里的中国寡妇一样。虽然科塔萨尔年长于

马尔克斯，但后者的故事在前而前者的故事在后。不过我宁可认为两个故事之间没有联系，他们面对的只是拉丁美洲的同样现实。但在科塔萨尔这个写妓女不幸生活的故事中，谈到妓女们在少女时的初次失身，大都是被亲生母亲出卖给行商的，所举之例中，母亲的身份被设定为中国寡妇，考虑到中国人在阿根廷的比例，还是让人觉得有点匪夷所思的——或许是"橘生淮南则为橘，生于淮北则为枳"吧。

三

解脱从天而降。在一辆拥挤的公交车上，陷入与小女孩情感纠葛的九十岁的"我"，邂逅了一个五十多年里曾不时找她买春的七十三岁的老情人。从妓女的岗位上退休以后，疾病缠身、身无分文的她嫁给了一个给了她名分、依靠，也许还有一点儿爱的中国菜农。她把"我"带去了她家，在沿海公路旁一座小山上的一片中国人的菜园里，"我"和她坐在背阴露台的沙滩椅上聊天，可以望见在烈日下的山坡上戴着锥形草帽播撒菜种的中国农夫。她严肃地回顾了自己的一生："今天我回头去望，能看到千百个上过我床的男人排成的队，那时如果其中有哪个能留下来和我在一起，我连命都可以不要，即使是最差的那个。感谢上帝，我及时遇见了我的中国人，那感觉就像嫁给了一根小拇指，但他是我一个人

的。"她鼓励"我"也做自己想做的事,现在就去找那个可怜的孩子,因为没有比孤独地死去更不幸的事了。(《苦妓回忆录》,2004)

感觉就像一根小拇指的中国菜农,成了一个老妓女聊胜于无的归宿——马尔克斯从哪里找来了这么个素材,又到底想用它来表达什么呢?在他的另一篇小说《玛利亚·多斯普拉泽雷斯》(1979)里,七十六岁的老妓女玛利亚,当年也曾面临归宿问题,靠了手头的积蓄,她主动选择了退休,一个人安度晚年。本来,她待了一辈子的妓院认为她已经太老了,不符合现代口味,想把她打发到一个秘密的老年妓院去,以每次五比塞塔的价格教小男孩们做爱。这大概是退休老妓女的一般去处,而"我"的老情人则避免了这一结局。然而既然有此幸运,她为何要说嫁的是一根小拇指呢,岂不显得有点忘恩负义?

也许可以换个角度来理解。利马的《天堂》(1966)里提到过一个德国女人,是当年最著名的瓦格纳风格女歌手,在功成名就后决定退隐,奔赴中国,在人生暮年成为皇帝的情人。科塔萨尔评论说:"我觉得这个意象非常出彩,因为她体现出这个女人虚伪的谦虚,将成为中国皇帝的女情人谦称为凑合。"(《文学课》,2013)——大概在《苦妓回忆录》中,"我"的老情人也是在表达"虚伪的谦虚",也是在把找到归宿"谦称为凑合"吧。

可她们又哪来的自信，或作者又哪来的自信，认为中国的菜农或皇帝一定会收留这些欧美的残花败蕊呢？

四

一年一度的金兰花奖，这个万人渴望的国家诗歌大奖，该年的获奖者竟然是个中国移民——他击败了七十二个竞争对手。这个不同寻常的结果引起了公众的骚动，甚至令大赛的严肃性受到了质疑。但评判是公正的，评委会一致认为那首十四行诗精妙绝伦。那是一首正宗的帕纳斯派十四行诗，完美无瑕，始终贯穿着一缕灵感的清风，显示出一位高手的深厚功力。但没人相信获奖的中国人是那首诗的作者，唯一可能的解释就是，某位大诗人想出了这个玩笑似的主意，以此捉弄赛诗花会，而这个中国人自告奋勇助他一臂之力，并且抱定了至死保守秘密的决心。获奖的中国人活到了东方人的高寿，死前并没有忏悔，下葬时，棺材里放着那枝金兰花。他多少有些饮恨而终，因为生前并没有得到他唯一渴望的东西，即人们对他诗人身份的认同。为了纪念他的辞世，报界回顾了那次已被淡忘的赛诗花会事件，再次刊登了那首十四行诗。诗歌守护神利用这次机会让一切回归原位：新一代觉得那首十四行诗蹩脚透顶，于是谁也不再怀疑它的作者当真是那位已故的中国人。

19世纪末,为了逃避修建两大洋铁路时席卷巴拿马的黄热病瘟疫,这个诗人和其他许多中国人一起来到这里,至死都没有离开。他们用中文生活,用中文繁衍后代,彼此长得十分相像,没人知道他们的名字该怎么念,以致没人分得清他们谁是谁。起初,一共也没有十个人,有的带着妻儿和用来吃的狗。但没过几年,他们就从各条巷子里满溢了出来,海关里却没有他们的入境记录,都是人贩子贪图暴利组织偷渡来的。人们凭直觉把他们分为两类:坏中国人和好中国人。坏的那些吃葵花子炒鼠肉,像国王一样大吃大喝,随时准备暴毙在餐桌前(大家怀疑,那些餐馆不过是掩人耳目,里面进行的是贩娼之类勾当);好的那些则都在洗衣店里干活,他们继承了一门神圣的学问,能让交回的衬衫比新的还整洁。那个诗人是好中国人中的一个。(《霍乱时期的爱情》,1985)

长得都一样,名字很难念,喜欢吃狗肉,还吃老鼠肉,只会洗衣服,人数越来越多,偷渡无法无天,躲在中文后面,为了获奖造假……这些对于中国移民的负面描写,反映了马尔克斯的傲慢与偏见。我纳闷,洞悉而苦恼于拉美人不幸处境的他,又何以不能稍稍理解一点中国移民呢?我很想对他说,我亲爱的大师,他们就跟你们一样,彼此长得千差万别,只是你们觉得难认;他们的名字并不比你们的更难念,尤其是你们那父姓母姓、长长一串的名字,就像中欧班列一样,

西蒙·何塞·安东尼奥·德拉桑蒂西马·特立尼达·玻利瓦尔-帕拉西奥斯（你知道吗，影响拉美西葡作家在中国普及度的原因之一，就是你们的名字总是很长很长，光其中的一个部分就超过我们的全名，而且还要轮换着称呼其中的某个部分，或者以不同的排列组合称呼其中的几个部分，我们晕头转向，根本弄不清楚，而简单地称呼你们名字的一个部分，据说又是不礼貌的——但在本书中，为避免繁琐，我只能对你们失礼了）；他们不用中文繁衍后代，难道还用卡斯蒂利亚文？他们在欧洲人殖民美洲的二三千年前就开始写诗了，确实当得起你们《商业日报》文章的标题"中国人都是诗人"，仿写一首帕纳斯派的十四行诗又算得了什么；他们吃葵花子，但不吃老鼠肉；他们有时吃狗肉，犹如你们吃牛肉；他们有好有坏，这个也正如你们；他们在你们那洗衣服，不是因为擅长或喜欢，而只是为了糊口活命，正如你们在印度当托钵僧，在纽约教英文，在撒哈拉赶骆驼，而且也不是都有合法证件，就像你第一次出国时那样。"五百多万哥伦比亚人，就凭着胆子大、脑子灵，逃离苦难的祖国，去海外求生存。为了活命，他们身上依然能见到老祖宗当年的狡诈……是创造性的想象拯救了我们，让我们不致饿死。"（2003 年 5 月 18 日在麦德林"寻求公平发展，在科技领域建立社会新契约"国际研讨会上的演讲《远离却深爱的祖国》）一模一样的话，寻求理解的心，我亲爱的大师，你为何就不能施诸当年的中

国移民呢？

（博尔赫斯《小径分岔的花园》，王永年译。科塔萨尔《不合时宜》《文学课》，林叶青译。埃斯特万、奎尼亚斯《从马尔克斯到略萨：回溯"文学爆炸"》，侯健译。马尔克斯《苦妓回忆录》，轩乐译；《十二个异乡故事》，罗秀译；《霍乱时期的爱情》，杨玲译；《我不是来演讲的》，李静译。）

2023年11月5日

六点钟到达的女人

弹簧门开了。时钟刚刚打过六点钟,这个时候何塞的饭馆里是没人的,通常只有到了六点半老主顾们才会来。时钟刚打完第六下,和每天这个时候一样,进来了一个女人。这三个月来,每天时钟打过六点,这个女人就会进来,说她饿得像条狗一样,然后何塞就会给她做好吃的。可她从来就没有付过钱,因为何塞爱着这个女人。

但今天有点不一样,这个女人一进来就说,她今天不是六点钟来的,而是六点差一刻来的,她在这已经待了一刻钟。她反复地强调这一点,可何塞还是不解其意。

她知道何塞爱着她。她先是冷冷地说,就算何塞有一百万比索,她也不会和他在一起的;没有一个女人受得了他,哪怕是为了一百万比索。后来忽然又柔声问道,何塞是真的爱她吗?何塞说自己爱她爱到了每天下午都想把带她走的那个男人杀死的地步。

"那么如果是我把这家伙杀了,你是会保护我的,对吗?"

"这要看情况了,你知道的,这事儿不像说说那么简单。"

"警察谁都不相信也得相信你。这是真的,何塞。我敢打赌,你从来没说过一句谎话。"

"这没什么用处。"

"就因为这一点,警察了解你,你说什么他们都会信的,连第二遍都不用问。为了我,你能撒一次谎吗,何塞?我是说真的。"

"你陷进什么麻烦了,女王?"

"不管什么人问你我是几点钟到你这里来的,你真的会告诉他我是六点差一刻到的吗?"

"行吧,女王,"何塞漫不经心地答道,"就按你说的来吧。我总是按你说的来。"

"行,那么,现在给我煎牛排吧。"

"除了这块上等牛排,你还想要点儿什么?"

"我想跟你再多要一刻钟的时间。"

"说老实话,我听不懂你在说什么,女王。"

"你别傻了,何塞,你记住了,我五点半就到你这里了。"

(《六点钟到达的女人》,1950)

海明威是马尔克斯自认的最重要的两个导师之一(另一个是福克纳),他年轻时就读过他们到那时为止出版的所有作品。他眼中的海明威,对写作这门科学的技艺有着令人惊异的认识,虽少了一点儿灵感、激情和疯狂,却带着一股明晰的严苛,把螺丝钉都安在外面一眼能看到的地方,好比火

车车厢上那样。他从海明威那儿学到的信条之一,就是海明威对文学创作所下的定义:写出来的仅应是冰山显山露水的那一角,冰山的绝大部分则应隐藏在水下。(《我个人心目中的海明威》,1981)

那个时代的拉美新生代作家,就像出痧子一样,大都受过海明威的巨大影响。略萨后来也这么说:"我喜欢福克纳,却模仿海明威。这本集子里的故事,得益于那个神话般的人物。在那些年里,他恰恰来到秘鲁捕海豚、猎鲸,足迹所到之处,为读者留下了大量的冒险故事、简练精辟的对话、生动逼真的描写和各种隐秘的材料。对于一个在四分之一个世纪前开始写作的秘鲁人来说,读读海明威是十分有益的:那是一节有节制地参观的文体课。"(《首领们》自序,1979)他的第一个短篇《首领们》(1957),显露出读过马尔罗和海明威作品的痕迹;他的另一个短篇《挑战》(1957),获得了巴黎《法兰西》杂志小说奖,如掩去作者的名字,你会以为是海明威的某篇佚作。他后来的长篇《谁是杀人犯》(1986),自称借鉴了海明威的创作理念:"我年轻时曾如饥似渴地阅读过海明威,尤其是他的短篇小说。如果说我的哪本书受到过来自海明威的遥远影响,那么肯定是《谁是杀人犯》。这种影响不是体现在写出来的东西上,而是体现在那些没有写出来的东西上:这部小说中有许多要素被我隐藏起来了。"(《普林斯顿文学课》,2017)作为这种创作理念的范例,

略萨举例海明威的《杀手》（1927），原作及希格尔导演的电影。在《给青年小说家的信》（1997）里，第十封信《隐藏的材料》也以《杀手》为例，称赞它是叙事简洁的典范，其文本如同冰山之巅，一个可见的小小尖顶，通过它那闪烁不定的光辉，让读者隐约看到那复杂的故事整体，海明威是运用这一叙事技巧的大师。

马尔克斯写作刚起步的时候，一定也反复揣摩过海明威的。上引《六点钟到达的女人》的缩写，任何熟悉海明威风格的人，都可以一眼看出它的来历，比如还是海明威的那篇《杀手》——也是在一家小饭馆里，也是傍晚六点钟前后。从女人最初的试探开始，读者就知道她杀了嫖客，企图利用爱她的何塞作伪证，以证明她不在杀人现场，而是在何塞的小饭馆里。她的心思表现得淋漓尽致，但何塞就是不懂她的意思，直到最后好像也还是没懂，让读者看了觉着累得慌。利用对话表现人物心理，这一点应是学海明威的，但对话编得不尽合理，一个啰唆一个接不上茬。"写对话，我没经验——至今仍是弱项。"（《活着为了讲述》，2002）马尔克斯很有自知之明。尤其是，读者读完整篇小说，冰山也就全部显露了，这一点也不像海明威。马尔克斯曾批评海明威的长篇小说，说它们就像是一些不知道爱惜笔墨的故事，里面有太多画蛇添足的成分，能看到比任何别的作家作品更多的过剩之处（《我个人心目中的海明威》，1981），可惜《六点钟到达的女人》

也给人以同样的感觉——当然从我们的上述缩写里看不出来。

马尔克斯早期的短篇"习作",后来集为《蓝狗的眼睛》(1955)出版。在回忆录《活着为了讲述》中,马尔克斯回顾了这些早期作品的写作过程,说直到第十篇《石鸻鸟之夜》才算摸到了点门道。"对我来说,这是一个新时代的开始,在此之前,我写了九个游走于形而上边缘的短篇,却没能掌握这种体裁的创作要领,正不知该如何继续……时隔五十年,在写下这段文字前重读旧作(毅平按:指《石鸻鸟之夜》),我认为一个标点符号都不用改。在我过得晕头转向、找不着北时,这个短篇预示着冬去春来。"被他否定的前九个短篇,第九篇就是《六点钟到达的女人》,但不知为何,他一一介绍了其余八篇的写作过程,却独独未提这篇《六点钟到达的女人》。

1949年这一年里,他的朋友们曾寄给他一箱书,共二十三本,全是西班牙语版当代名家名作,其中就有海明威的短篇小说集,在海明威的作品中,这也是寄书的朋友们最喜爱的。选书的目的只有一个,让他先读,再学着写。"他们只叮嘱了一件事:千万别剽窃得太明显。"(《活着为了讲述》)朋友们跟他开玩笑说,知道他正在学习写作。也许正因为模仿得太明显了,他才没好意思提《六点钟到达的女人》吧。

不过这只是马尔克斯起步阶段的作品,后来他找到了自己的风格,彻底摆脱了两位导师的影响。即如那篇他自认写

得最好的短篇《礼拜二午睡时刻》(1962),据他的老友门多萨说,在很大程度上是因为读了海明威的《美国太太的金丝雀》(收入"首辑四十九篇",1938)才写出来的(《番石榴飘香》,1982),但从中已很难看出海明威影响的痕迹了。据他的回忆录《活着为了讲述》说,那是他儿时在故乡亲历的往事,那一幕在他脑海中萦绕多年,后来大概受了海明威的启发,把它写了出来才得到解脱,但已完全是他自己的风格了。

就此意义而言,就在他迷恋和模仿海明威的青年时代,那个在五月巴黎的霏霏春雨中一闪而过、从街对面人行道上对他喊"再见,朋友"的人,不仅让他的生命中永远地发生了一件大事,也让这次邂逅添上了一层"分手"的象征色彩。"有一次我在巴黎见到你和马尔戈·海明威(海明威孙女,时装模特儿)一起吃饭。你能跟她谈些什么呢?""她滔滔不绝地谈她的祖父,而我则谈我的外祖父。"(《番石榴飘香》)

(马尔克斯《蓝狗的眼睛》《回到种子里去》,陶玉平译;《活着为了讲述》,李静译。马尔克斯、门多萨《番石榴飘香》,林一安译。略萨《首领们》,尹承东译;《普林斯顿文学课》,侯健译;《给青年小说家的信》,赵德明译。)

2023 年 11 月 9 日

走过自己的中世纪

一

1830年,下野了的"解放者"玻利瓦尔将军,生命中最后一次沿马格达莱纳河北下,准备从卡塔赫纳港乘帆船去欧洲。中途在桑布拉诺镇上岸,在坎比略家稍作逗留。坎比略家准备好了木薯大蕉炖肉盛情款待将军,宴饮的热烈气氛使将军的消沉情绪略有好转。唯一使他不快的是一个寄居在坎比略家的法国人,欧洲人的傲慢狂妄独断一向最使将军恼火。

法国人高声同席上别的客人说话,但显然只想引起将军的注意。突然,他自陈冒昧,直接问将军,对于新成立的共和国来说,究竟哪一种政府制度最合适?

将军反问他说:"您的意见呢?"

"我的意见是波拿巴的榜样不但适合我们,还适合全世界。"法国人说。

"我料到你会有这种看法,"将军并不掩饰讽刺的口气,"欧洲人认为只有欧洲的发明才适用于全世界,凡是与之不

同的东西都该受到谴责。"

"不管怎么样,使历史失去人性的不是制度,而是实行制度的偏差。"

"我们太熟悉这种说法了,骨子里还是本杰明·康斯坦的那套蠢话。由于欧洲的强大,他现在又成了评判我们是非的绝对权威。"

"康斯坦抨击专制的论点很透彻。"

"在这场争论中,只有普拉特长老说的政治取决于地点和时间这句话才一针见血。欧洲人没有指责我的道德依据,因为如果说有哪一部历史充斥了血腥、卑鄙和不公,那就是欧洲的历史。"

在那片似乎笼罩了全镇的肃静中,将军越是深入分析,越是激起了自己的怒火。将军列举了欧洲历史上令人毛骨悚然的大屠杀:圣巴托罗缪夜在巴黎对新教徒的大屠杀,文艺复兴鼎盛时期雇佣军在罗马的大屠杀,伊凡雷帝在莫斯科、诺夫哥罗德的大屠杀……

"因此请你们别再告诉我们该做什么了,别试图教训我们该怎么为人行事,别试图使我们变得同你们一样,别要求我们在二十年之内干好你们在两千年之内都干不好的事情。"

他把刀叉搁在盘子上,第一次用喷火的眼睛盯着法国人:

"对不起,让我们太太平平地过我们的中世纪生活吧!"

随行者把这件事告诉了当时的一个编年史作家,作家认

为不值得一记，于是谁都没有留下文字记载。

但马尔克斯找到了这段事迹，不仅把它写入了《迷宫中的将军》（1989），这部他自诩为"拧断天鹅的脖子，不再去编造故事""充满诗意、美不胜收"的"历史纪实小说"（1996年4月12日在波哥大"哥伦比亚论坛"上的演讲《不一样的天性，不一样的世界》），还在各种场合再三引用玻利瓦尔的这句名言。

上世纪40年代，意大利作家乔万尼·帕皮尼曾刻毒地说，美洲是用欧洲的垃圾做成的；又对大众宣称，拉丁美洲从来对人类社会毫无贡献。马尔克斯痛斥他道："他的说法充分反映了欧洲人对我们的一贯看法：不像他们就是错，无论如何都要按照他们的方式加以纠正。美国也是如此。玻利瓦尔听够了这些劝告和命令，发出感慨说：'就让我们安安静静地走过我们自己的中世纪吧！'"（1995年3月28日在孔塔多拉集团"拉丁美洲是否存在"专题实验室的演讲《拉丁美洲确实存在》）

在另一个场合，马尔克斯又提到了这句名言："玻利瓦尔颇有先见之明，他在《牙买加信札》中精辟地写道，'我们是人类中的一小部分'，希望我们能有自己的身份认同。他还说，希望在拉美建成世界上最大、最富、最强的国家。他受英国人的罪——欠英国人的债我们到现在都没还清；他受法国人的罪——他们想卖给他法国大革命的残羹剩饭。风

烛残年的他终于忍无可忍地说：'就让我们安安静静地走过我们自己的中世纪吧！'"（1999年3月8日在巴黎"迎接新千年：拉美与加勒比地区"讲习班的开幕词《21世纪遐想》）

玻利瓦尔的这句名言也可以改说成："就让我们安安静静地走自己的路吧！"适用于相对于西方的整个非西方世界。

《秘鲁传说》（1872—1918）的作者帕尔马，在《解放者与独裁者的书信往来》那篇中，借巴拉圭独裁者弗朗西亚之口，表达了与玻利瓦尔相似的意见："去亚松森的欧洲人不多，弗朗西亚经常对他们说：'你们在这儿愿意干啥就干啥，想信什么宗教就信什么宗教，没人跟你们找麻烦；不过要小心，要是掺和政府的事就要你们的命。'他说到做到，有些冒险家在别人的祖国从事爱国者的活动，他把不少这类人送进了地狱。单凭这一点，我就渴望秘鲁有一位弗朗西亚，因为外国人在本来充其量只能作壁上观的事物上指手画脚的事，我见得太多了。这种比当事者还起劲的事……我管不了……还是不管也罢！可我不能忍受，非常讨厌，忿忿不平！"帕尔马真是可爱，本来是想要骂巴拉圭独裁者的，结果一提及欧洲人的指手画脚，就不禁义愤填膺、怒从中来、忘了初衷，恨不得秘鲁也能来上这么一个。后来，加莱亚诺在《拉丁美洲被切开的血管》（1971）一书中为弗朗西亚平反，认为他是一个精明审慎、富有远见的独裁者，因走独立自主的发展道路而长期遭受诽谤。当然，弗朗西亚对外国人也有误判的

时候，如认为法国植物学家邦普朗是间谍，把他囚禁了九年后最终驱逐出境（《火的记忆II：面孔与面具》，1984），就明显是矫枉过正的冤假错案了。

玻利瓦尔对于法国人的怒火，也就是马尔克斯自己的怒火。在1981年的一次访谈中，当采访者问道："你肯定意识到有些欧美人觉得拉丁美洲的政治是不可救药的，意识到某种暴虐行为在你们的政治事务中占上风。"马尔克斯回答："是的，50年代我第一次去欧洲旅行时就遇到了这种想法，当时就有人问我：'你怎么能居住在人们出于政治原因而彼此残杀的南美洲那些野蛮国度里呢？'""这话让你觉得怎么样？""觉得愤怒。这在某种程度上是不公正的分析。我们那些国家只有一百七十年的历史；欧洲国家比这古老得多了，经历的残暴时期远多于我们拉丁美洲正在经历的。如今在他们看来我们是野蛮的！我们从未发生过像法国大革命那样的野蛮革命！瑞士人——自认为是伟大的和平主义者的干酪制造者——是中世纪欧洲最为血腥的雇佣兵！欧洲人必须经历漫长的暴力流血时期才会变成今天的他们。当我们和欧洲国家一样古老时，我们会比今天的欧洲先进得多，因为我们既会有我们的经验也会有他们的经验可资利用。"（《马尔克斯访谈录》，2006）

二

　　同样是在《迷宫中的将军》中,马尔克斯还借玻利瓦尔对卢梭和巴黎的心态变化,表现了自己对欧洲从迷恋到超越的心路历程。1804年,玻利瓦尔年方二十,第二次来到巴黎。在巴黎圣母院里,他围观了拿破仑的加冕仪式,见证了拿破仑帝国的诞生。在巴黎的一座金色大厅里,他认识了刚从南美考察归来的洪堡,后者对他说:"我认为贵国独立的条件已成熟,只是我没发现可胜任之人……"(《火的记忆II:面孔与面具》)——这可真是"大贤虎变愚不测,当年颇似寻常人"(李白《梁甫吟》)了。他把卢梭的《爱弥儿》《新爱洛伊丝》长期搁在床头,不时高声背诵这两本书中他喜爱的段落。回到美洲后,他对卢梭仍比对自己的心更亲,热情不减地一再重读《新爱洛伊丝》,那本书都被他磨破了。但二十多年后,反抗西班牙殖民统治的斗争取得了胜利,拉丁美洲大地上再也没有一个西班牙人,当看到情人曼努埃拉第十遍重读《爱弥儿》时,他打断了她,说那本书讨厌。他还说,1804年的巴黎比任何地方都更使他感到厌烦。然而当年在巴黎的时候,他的命运还没有在委内瑞拉民间流行的祛除厄运的紫香菊浴的预兆性的水里浸泡过,他曾自认为很幸福,甚至是世界上最幸福的人。——小说中玻利瓦尔与卢梭及巴黎的诀别,不妨看作是马尔克斯本人心态的投射:他也曾在

巴黎度过艰难的早年岁月，但最终凭借自己的创作成就超越了它。

长久以来，拉丁美洲与欧洲的恩恩怨怨一直困扰着马尔克斯，跟欧洲文化剪不断理还乱的关系是他的心结之一。早在《福尔贝斯太太的快乐夏日》（1976）中，这个主题就获得了富于象征色彩的表现。

"我"父亲是一个自负多于天赋的加勒比作家，欧洲辉煌的余烬让他目眩神迷，不管是在书中还是在现实中，他总是显得太急于抹去自己出身的痕迹，并且幻想儿子们的身上不再留有任何自己过去的印记。因此，当他同四十位当红作家一起参加为期五周的环爱琴海诸岛之旅时，为"我"兄弟请来了一个德国家庭女教师，毫不考虑兄弟俩在这个女士官的统治下将如何生活。这个女人全然不顾孩子们的天性和文化上的差异，一心向孩子们强行灌输欧洲社会最陈腐的习俗，她身上的"文明的味道"让孩子们绝望窒息；她自己则一到晚上就过着一个独居女人的真实生活，喝酒狂欢，放纵堕落，贪得无厌，而这种生活正是白天那个把朴素克制挂在嘴上的她严厉抨击的。她因言行不一而成了孩子们的笑柄和作弄的对象，最终以丢人现眼的杀身之祸收场。

这篇小说宛如拉美作家与欧洲文化关系的象征。在1967年9月5日的一次访谈中，马尔克斯曾这样说"文学爆炸"之前的那辈拉美作家："他们全都以欧洲人的态度谈论印第

安人。他们展现了印第安人的魔幻世界，却总是带着抱歉和声明的意味，好像在说：'这是印第安人相信的东西，不是我相信的东西。'"——他们宛如《福尔贝斯太太的快乐夏日》里的"我"父亲。"而我们这群作家，尤其是对与我们相关的事情，我们是打心眼里认可那种魔幻世界的，并且果断地生活在其中。"——"我们"正如在德国家庭女教师淫威下的"我"兄弟。最终则正如"我"兄弟对德国家庭女教师的揭竿而起，新一代拉美作家以自己的魔幻写作刷新了欧洲的认知。"欧洲头晕目眩地接受了我们的姿态。欧洲是片被写了又写的大陆，已经没有什么秘密可言了，需要有新的东西被讲述出来，比如这里。"（《两种孤独》，2021）

无独有偶，略萨也说过类似的话："在20世纪50年代，我们拉美人喜欢阅读欧美人的作品，几乎从不问津自己人的作品。现在，这种情况改变了，拉丁美洲的读者发现了自己的作家。与此同时，世界其他地区的读者也发现了拉美作家。"（《酒吧长谈》代序《千面之国》，1989）"像博尔赫斯、马尔克斯或是科塔萨尔这样的作家之所以得到认可，是因为他们是伟大的作家，他们写出了有吸引力和巨大生命力的文学作品，而在他们写出那些作品的时候，欧洲文学正陷于形式主义和实验主义的泥淖中难以自拔。"（《从马尔克斯到略萨：回溯"文学爆炸"》，2015）在《卑微的英雄》（2013）中，孩子质问父亲："你这么喜欢欧洲，日夜都梦想着欧洲，

为什么一辈子住在秘鲁呢，爸爸？""你看的书都是欧洲作家写的，我觉得大部分的唱片、图画和版画也是，意大利人、英国人、法国人、西班牙人、德国人，还有一两个美国人。秘鲁有什么东西是你喜欢的吗，爸爸？"父亲被孩子问得茫然失措，有好一会儿不知该怎么回答。他觉得自己做错了什么，但不知道是哪里做错了。

科塔萨尔则异曲同工："我一生都用，并且永远都会用西班牙语写作；我只在给法国人写信的时候使用法语。西班牙语是我的写作语言，尤其是在当今，我认为捍卫西班牙语是拉丁美洲长期的抗争内容之一，这场抗争包含了诸多方面，理由也不胜枚举。而捍卫语言绝对是首要任务。让人痛心的是，拉美人在国外待了很短的时间后，便任由自己的母语退化，第二语言开始入侵……我的语言是西班牙语，永远都会是西班牙语。"（《文学课》，2013）他的捍卫拉美西语正如马尔克斯的坚持魔幻写作，是南方对以英法语为代表的北方和西方的独立宣言。

三

甚至在诺奖颁奖典礼的庄严场合，马尔克斯也不忘继续敲打欧洲人："如果连我们自己也被难倒，那么，生活在地球这边、理性至上、沉醉于自身文化的人自然就更无法明白

我们了。不难理解他们会坚持用衡量自身的标准来衡量我们,忘记了生活的苦难因人而异。自我追寻的路上荆棘丛生、鲜血淋漓,他们走过,我们在走。用他人的标准解释我们的现实,只会让我们变得越来越陌生,越来越拘束,越来越孤独。可敬的欧洲如果想想他们的过去,再来对比我们的现在……也许会更理解我们一些……我相信,头脑清楚的欧洲人,同样为建设更人道、更公正的伟大国家而奋斗的欧洲人,只要彻底修正看待我们的方式,就能给我们提供更好的帮助……拉丁美洲不情愿,也没有理由成为任人摆布的棋子,此外也不会去幻想西方国家能打心眼儿里支持我们独立、独特的发展计划。"(1982年12月8日在斯德哥尔摩诺奖颁奖典礼上的演讲《拉丁美洲的孤独》)

在回忆录《活着为了讲述》(2002)中,马尔克斯提到了《恶时辰》(1962)在西班牙的出版风波,堪称欧洲无视拉丁美洲的经典案例。小说最初由马德里的伊比利亚美洲出版社出版,皮质封面,纸张上乘,印刷精美,印数大,销量不同凡响。然而,马尔克斯与出版社很快就闹翻了,因为他仔细校读了一遍后发现,他用美洲西班牙语创作的文字,被西班牙编辑大刀阔斧地改写为纯正的马德里方言,马德里韵味的句子比比皆是,与原文大相径庭,改得他直起鸡皮疙瘩。无奈之余,他只好宣布该版本遭到篡改,不予承认,收回版权,将待售书册付之一炬。相关责任人保持缄默,不予回应。从那一刻起,

他就只当这本小说从未出版过。原稿只有一份,已送到西班牙出版,他只好花功夫把西班牙版改回加勒比方言,改完后又修改一遍,交给墨西哥纪元出版社出版,印刷时特别注明此为首版。西班牙出版社的所作所为,是欧洲无视拉丁美洲的典型表现,难怪马尔克斯要大动肝火。

——2003年,西班牙行星出版社出版鲁尔福的《燃烧的原野》(1953,1970)的修订版,"编辑在出版说明中声称,虽然已经参照西班牙语言学院的最新正字法标准对文本作了修正,但还是尽可能地保留了鲁尔福文字的特色"(《燃烧的原野》中译者序),看来相比四十年前已经有了长足的进步。

在现实的政治生活中,马尔克斯也摒弃黑白分明的站队立场,而是主张走适合各自国情的发展道路,为此遭到来自各方的误解也在所不惜。"不管怎么说,拉丁美洲的命运过去没有,将来也不会在匈牙利、波兰或捷克斯洛伐克决定,而只能在拉丁美洲决定。舍此之外,任何别的想法都是欧洲式的执念……政治上的成熟使我对现实采取了一种更为心平气和、更为耐心和更富人情味的谅解态度……我认为有许多出路,也许在美洲,包括美国在内,有多少国家就有多少条出路。我认为,我们必须寻找我们自己的解决办法,同时尽可能地充分借鉴别的大陆经过长期、曲折的斗争而获取的经验,而绝不能机械地照抄照搬,而我们一贯如此行事。最终,必然会发现一种适合自己的社会主义模式……发达国家的民

主是它们自身发展的结果,而非相反。在拥有不同文化的其他国家(例如在拉丁美洲各国)生硬地强制推行这种民主的做法是机械的、不切实际的,这跟推行苏联的制度毫无二致……我说的并不是原则,而是民主的形式。"(《番石榴飘香》,1982)"过去,我们就是各种教条之争的牺牲品;今天,我们依然饱受这种困扰。昨天,塞尔希奥·拉米雷斯(尼加拉瓜前副总统)提醒我们:不过就是一批人倒下去,另一批人站起来,民主国家的选举只是个堂皇的借口。哥伦比亚就是个很好的例子。好像只要按时选举,就算落实了民主制度。走个过场就好,不用去管拉票、贪污、欺诈、贿选等种种弊端。"(1995年3月28日在孔塔多拉集团"拉丁美洲是否存在"专题实验室的演讲《拉丁美洲确实存在》)在马尔克斯的上述这些话里,依旧回荡着玻利瓦尔那句怒喝的回声。

让马尔克斯悲哀的是,同样是欧洲殖民的产儿,拉美却不如北美成功,更像是个倒霉的私生子,一个不受欢迎的局外人,一直被欧洲误解和歧视。这就是所谓"拉丁美洲的孤独"吧。

不过,这种"孤独"只是相对欧洲而言的,我们千万别一厢情愿了,以为他们因此就更能理解亚非。在马尔克斯眼里,美洲"顶半个世界"(《迷宫中的将军》),另外半个是欧洲,亚非似乎不在世界上。

四

最后再说回玻利瓦尔。帕尔马《秘鲁传说》中的《玻利瓦尔的最后一句话》那篇，记载了"解放者"临终前的一段对话。这一幕发生在1830年12月的一天下午（也许就是17日他最后的那个下午），地点是在哥伦比亚圣玛尔塔港的圣佩德罗·亚历杭德里诺庄园。玻利瓦尔用非常微弱的声音问大夫："你知道在我感到已将进入坟墓的时候，使我痛苦的是什么吗？""不知道，我的将军。""就是想到我可能是在流沙上建塔，在海水中耕耘。"过了好长一会儿，他又问大夫："你猜不出世界上三个最大的蠢人是谁吗？""真是猜不出，我的将军。""三个最大的蠢人就是耶稣基督、堂吉诃德和我。"——这是玻利瓦尔对自己的最恰当的评价（因为他一直梦想着缔造一个统一的拉美国家，但英美绝不会容许出现一个统一的拉美国家），也是对堂吉诃德和耶稣的最恰当的评价。我很好奇，马尔克斯在《迷宫中的将军》中为何没有采入"解放者"的这段临终对话？是他没有读过帕尔马的《秘鲁传说》还是读过又忘了？

知其不可为而为之，这当然不是愚蠢，而是了不起的理想主义。如果玻利瓦尔稍有中国知识，也许他会在"世界上最大的蠢人"行列中，再添上孔子和孔明。

（马尔克斯《迷宫中的将军》，王永年译；《我不是来演讲的》《活着为了讲述》，李静译；《十二个异乡故事》，罗秀译。马尔克斯、略萨《两种孤独》，侯健译。马尔克斯、门多萨《番石榴飘香》，林一安译。帕尔马《秘鲁传说》，白凤森译。加莱亚诺《拉丁美洲被切开的血管》，王玫等译；《火的记忆 II：面孔与面具》，路燕萍译。贝尔-维亚达《马尔克斯访谈录》，许志强译。略萨《酒吧长谈》，孙家孟译；《卑微的英雄》，莫娅妮译。科塔萨尔《文学课》，林叶青译。埃斯特万、奎尼亚斯《从马尔克斯到略萨：回溯"文学爆炸"》，侯健译。鲁尔福《燃烧的原野》，张伟劼译。）

2023 年 11 月 21 日

（原载《书城》2024 年 5 月号；续有增补，本书收入的是增补稿。）

活着为了虚构

一

1955年7月的一个晚上,在马尔克斯作为《观察家报》特派记者被派往欧洲的前夜,诗人杜兰来到他在波哥大的房间里,为《神话》杂志向他索稿。马尔克斯正好刚把自己的稿子看了一遍,把他认为值得保存的收了起来,把那些没用的都一撕了之。于是杜兰开始在废纸篓里翻找起来,忽然,有个东西引起了他的注意。"这篇东西太值得拿去发表了!"那是从已出版的《枯枝败叶》(1955)里删下来的一个完整章节,马尔克斯解释说,它最好的去处当然只能是废纸篓了。杜兰不同意他的看法,认为它在《枯枝败叶》里确实显得有点多余,但它独立成篇反而具有了特别的价值。马尔克斯为了让他高兴,同意他把撕碎的稿子用透明胶粘贴起来,作为一个短篇小说单独发表。"我们给它安个什么题目好呢?"杜兰问。"不知道,因为这只是一篇伊莎贝尔在马孔多观雨时的独白。"马尔克斯回答。于是杜兰在稿子上写下"伊莎贝尔在马孔多

观雨时的独白",这成了它的标题。

"我最受评论界,特别是最受读者们赞誉的短篇小说,就是这样被从废纸篓里挽救出来的。"马尔克斯这样完成了富有戏剧性的叙述。他讲述了一个关于写作的励志故事,里面有作者对于写作的敬业态度,有好编辑慧眼识货的动人情节,也有一不留神便成功的名作传奇。然后他回到"如何写小说"的主题,告诫年轻作者要严肃认真地写,哪怕一本也卖不出去,哪怕得不到任何奖励;要舍得把不满意的统统撕掉,就像自己以身作则的那样——不,还得吸取自己的教训,把稿子撕得更彻底一些,不让别人把它粘起来:"不过,这一次的经历并没能阻止我继续把自己认为不值得出版的稿子撕掉,反而教会我要撕得彻底一点儿,让人永远不能再把它们粘贴起来。"(《如何写小说》,1984)

过了十八年,在回忆录《活着为了讲述》(2002)中,关于《伊莎贝尔在马孔多观雨时的独白》(1955),马尔克斯讲述了另一个版本的故事:

"诗人杜兰来向我告别时,我正在撕没用的纸。他很好奇地翻垃圾桶,想翻出点儿东西来,登在他的杂志上。他找到三四张拦腰撕开的稿纸,在桌上拼起来读了读,问我是哪儿的文章。我说是从《枯枝败叶》初稿中删掉的《伊莎贝尔在马孔多观雨时的独白》,提醒他已经用过了。这个短篇曾在《纪事》周刊和《观察家报》周日增刊上发表,用的是一

模一样的题目。我记得是在电梯里匆忙答应下来的。杜兰并不在意，把它登在了他的下一期《神话》杂志上。"——原来早就有了题目，原来早已发表过了，原来还是一稿多投……美丽神话瞬间破灭。

大约他撰写《如何写小说》的初衷，是要劝年轻作者舍得割爱，以致让他对记忆作了修改，顺便还添加了点文学色彩——正要撕稿的年轻作者们，且慢着下手呵！

其实，真要撕稿，真要撕得彻底一点儿，让人永远不能再把它们粘贴起来，还不如学萨瓦托干脆把稿子直接烧掉，这样更彻底："我经常会在下午就把上午写的东西烧掉。我就这样看着一篇篇短篇小说、文论作品、戏剧作品被火焰吞噬，这曾经也注定是《英雄与坟墓》的命运——我总是喜欢犹疑。就焚烧手稿的习惯来说，有时我也会感到后悔；我至今仍会怀念某些被烧掉的作品，例如《鸟人》，还有本我在超现实主义时期写的长篇小说，叫《不语泉》……那本书现在幸存的只有几个章节和一些想法了。"（《终了之前》，1998）

关于在《枯枝败叶》初稿中删掉《伊莎贝尔在马孔多观雨时的独白》那段一事，据《活着为了讲述》说，其实是他在遭遇出版社退稿的打击后新一轮修改的结果："于是，我以朋友们的意见为基础进行新一轮的修改，删去了女主人公在秋海棠长廊观看下了三日的暴雨那一段——后来被我改写成短篇《伊莎贝尔在马孔多观雨时的独白》。我还删去了香

蕉种植园大屠杀前外公和奥雷里亚诺·布恩迪亚上校之间一段多余的对话——差不多有三十页,从内容到形式都破坏了小说的整体结构。"由此也再次证明了《伊莎贝尔在马孔多观雨时的独白》是作者主动改写的产物,而绝非杜兰从废纸篓里翻找抢救出来的;外公和奥雷里亚诺·布恩迪亚上校之间一段多余的对话则无此幸运。

但同样是在《如何写小说》中,为了教诲年轻作者要严肃认真地写,马尔克斯还讲了另一件以身作则之事:"那几个短篇已经不成问题:它们都进了垃圾桶。我在不多不少一年之后把它们重读了一遍,从这种有益的距离看去,我敢发誓——也许事实真是如此呢——它们根本就不是我写的东西。它们是过去一个写作计划的组成部分,我本来计划要写六十篇或者更多的短篇小说,来描写居住在欧洲的拉丁美洲人的生活,可它们的主要缺点是根本性的,所以还是撕了为好:连我自己都不相信那里面写的鬼话。"马尔克斯这次说的却完全是实话。

关于这个庞大的写作计划,即以六十来个短篇来写居住在欧洲的拉美人的生活,马尔克斯确实有过,也确实没能全部完成。但至少完成了一部分,大约五分之一,那就是《十二个异乡故事》(1992)。在该书的序中,马尔克斯回顾了该书长达十八年的艰难形成史,以及它背后的写作故事。从1974年开始,他在一个学生用的作业本上陆续积累了六十四

个素材，以及相关的各种细节，都是发生在旅居欧洲的拉美人身上的奇闻异事。1976年，他完成并发表了其中的两个故事，即《雪地上你的血迹》和《福尔贝斯太太的快乐夏日》。大概因为另两个故事难产了，以致他把这个笔记本遗失了。1978年，他重建了其中三十个素材的笔记，过程之艰辛不亚于把它们写出来。接着，他又狠心剔除了那些他感觉难以处理的素材，最后仅剩下十八个素材，其中的六个写到中途又被他扔进了废纸篓——《如何写小说》中说撕掉的，应该就是这六个故事，幸存的则成了《十二个异乡故事》。"一个好作家被欣赏，更多的是由于他撕毁的东西而非他发表的。"（《十二个异乡故事》序）《十二个异乡故事》十八年的艰难形成史及其背后的写作故事，的确证实了马尔克斯对待写作严肃认真的敬业态度，与他关于《伊莎贝尔在马孔多观雨时的独白》的传奇形成了有趣的对照。

《十二个异乡故事》的形成史其实还远不止十八年，在1971年6月3日的一次访谈中马尔克斯就已经提及："我有一个笔记本，我把想到的故事草草记在里面，为它们做笔记。我已经有了六十个左右的故事，我的设想是要达到一百个。"（《马尔克斯访谈录》，2006）他还介绍了其中的七号故事"淹死在灯光中的孩子们"是怎么来的，二十一年后，它以"光恰似水"为题收入了《十二个异乡故事》中。由此可见，《十二个异乡故事》的形成史至少还得提早三年。

有关马尔克斯的毁稿传奇,甚至从他文学生涯的开端一直延续到了他的身后。最近刚出版的他的遗作《我们八月见》(2024),据其儿子罗德里戈和贡萨洛说:"当年,我们只知道加博做出的最终判决:'这书不行,得把它毁了。'"但他们没有遵从父亲的判决,最终还是同意把它出版了:"我们没有把书稿毁掉,而是将它放到一边,希望时间能帮助我们决定最终如何处理它。在父亲去世近十年之后,我们再次阅读了这份手稿,发现它其实有许多令人愉悦的优点……我们认为这本书比记忆中的样子好得多,因此突然想到另一种可能性:当年加博失去了完成此书的能力,那么他是否也失去了察觉此书之美的能力?于是我们决定违背他的意愿,优先考虑读者的愉悦。如果读者喜欢这本书,也许加博会原谅我们。这一点我们深信不疑。"(《我们八月见》前言)我们终究不知道,他们到底是违背了父亲的意愿,还是得到了父亲的一脉真传?也许是他们父子齐心协力,制造了一个新的毁稿传奇?

二

再来看看《百年孤独》(1967)那个著名的开头吧。在1967年9月5日与略萨的对谈中,马尔克斯自称:"我从十六岁就开始写《百年孤独》了……不仅如此,我那时就把

第一段写出来了,和现在出版的《百年孤独》的第一段一模一样。"(《两种孤独》,2021)但年轻一代的哥伦比亚作家巴斯克斯不买老前辈的账,他在新版《对谈:拉丁美洲小说》(中译本名《两种孤独》)的前言《被寻回的文字》(2019)中说:"马尔克斯坚称自己在青年时期就已经想好了《百年孤独》的第一段,而且和后来正式出版的版本一模一样,我们知道他肯定是在撒谎。可那种谎言只是他独特而犀利的叙事风格的延续,他从那时起已经想要刻意且谨慎地把自己打造成传奇了。"果然,整整过了四十年,我们见到了关于这个著名开头如何诞生的另一种自述:"我从二十(八)岁开始出书,三十八岁已经出了四本。当我坐在打字机前,敲出'多年以后,面对行刑队,奥雷里亚诺·布恩迪亚上校将会回想起父亲带他去见识冰块的那个遥远的下午'时,压根不知道自己想说什么,这句话从哪儿来,将往哪儿去。"(2007年3月26日在卡塔赫纳第四届西班牙语国际会议开幕式上的演讲《敞开心扉,拥抱西语文学》)原来如此!

在回忆录《活着为了讲述》里,他提到最早构思的长篇小说叫《家》,他想写一部发生在哥伦比亚加勒比地区的有关"千日战争"的书。"我认为我会写一本小说,取名《家》,讲述一段家族传奇,类似于我所在的家族,背景是尼古拉斯·马尔克斯上校(他外公)几乎白打的那些仗。起这个书名,是因为我不想让情节离开这个家。我写了若干个开头,设计

了部分人物，起的全是家人的名字，后来还用到了其他书里。"但小说《家》写了六个月后，成了一出乏味的闹剧，最后只剩下了个书名。

"陪妈妈去阿拉卡塔卡的卖房之旅把我从深渊中拯救了出来，让我决定写一部全新的小说，迈向全新的未来。此生有过无数次旅行，这是决定性的一次，让我亲身体会到想写的《家》只是胡编乱造，堆砌辞藻，无诗意根基和现实基础，那次旅行让我恍然大悟，《家》遭遇现实，只能粉身碎骨……旅行归来，我旋即动笔。无中生有、虚构杜撰已无用处，原封不动地保留在老宅里、不知不觉间牵动的感情才弥足珍贵。自从我在镇子滚烫的沙土地上迈出第一步，就发现我耗时耗力，寻求所谓的正道去讲述那片令我魂牵梦萦、已是一片荒芜的人间天堂，走上的却是迷途……那次陪妈妈回阿拉卡塔卡，我亲眼看到了镇子，和胎死腹中的那本小说里呈现的完全不同。"这从《家》脱胎换骨而来的就是《枯枝败叶》。由此可见，1950年陪妈妈去老家的卖房之旅是他写作生涯的转折点，这时他已满二十三岁了，《百年孤独》的那个著名开头连影子都不知在哪里。那个想写一段家族传奇的念头还将在他的脑海中再盘旋十五年。

多年以后，面对马尔克斯各种自相矛盾的花样解释，人们终于找到了这个著名开头的来历，那就是鲁尔福的《佩德罗·巴拉莫》（1955）："雷德里亚神父很多年后将会回忆起那

个夜晚的情景。在那天夜里，硬邦邦的床使他难以入睡，迫使他走出家门。米盖尔·巴拉莫就是在那晚死去的。"那是1961年7月2日（海明威饮弹自尽的同一天）马尔克斯举家移居墨西哥城后不久，当时他已经写了四本书，觉得自己走进了一条死胡同，正在绕着同一点打转转，到处寻找一个可以从中逃脱的缝隙，却找不到一种既有说服力又有诗意的写作方式。就在此时，有人介绍他读了鲁尔福的《佩德罗·巴拉莫》。"发现胡安·鲁尔福，就像发现卡夫卡一样，无疑是我记忆中的重要一章……那天晚上，我将书读了两遍才睡下。自从大约十年前的那个奇妙夜晚，我在波哥大一间阴森的学生公寓里读了卡夫卡的《变形记》后，我再没有这么激动过。第二天，我读了《燃烧的原野》（毅平按：指1953年初版），它同样令我震撼。很久以后，在一家诊所的候诊室，我在一份医学杂志上看到了另一篇结构纷乱的杰作：《玛蒂尔德·阿尔坎赫尔的遗产》（毅平按：后收入《燃烧的原野》1970年第二版）。那一年余下的时间，我再也没法读其他作家的作品，因为我觉得他们都不够分量。当有人告诉卡洛斯·维罗，说我可以整段地背诵《佩德罗·巴拉莫》时，我还没完全从眩晕中恢复过来。其实，不只如此——我能够背诵全书，且能倒背，不出大错——并且我还能说出每个故事在我读的那本书的哪一页上，没有一个人物的任何特点我不熟悉……我说这些，是因为对于胡安·鲁尔福作品的深入了解，使我

终于找到了为继续写我的书而需要寻找的道路。"(《对胡安·鲁尔福的简短追忆》)接下来的三年里,他几乎一字未写。三年以后,福至心灵。1965年初的一天,他带着妻子和两个孩子到阿卡普尔科(富恩特斯《查克·莫尔》中菲利韦托淹死的海港,富恩特斯笔下的人物总是会去度假的地方)去旅行,途中他终于恍然大悟:"原来,我应该像我外婆讲故事一样叙述这部历史,就以一个小孩一天下午由他父亲带领去见识冰块这样一个情节作为全书的开端。"(《番石榴飘香》,1982)于是他半路掉头回家,开始动笔写《百年孤独》,一写就写了十八个月,到翌年8月大功告成,于后年5月闪亮登场,引爆"文学爆炸"的核弹,引发了一场文学地震。

三

关于他自述的真真假假,初不限于他的写作生涯。在2017年7月6日的一次访谈中,略萨曾提及关于马尔克斯年龄的一桩逸事:"关于那本书(《弑神者的历史》,1971),我还记得一桩逸事。书中关于马尔克斯的个人信息都是他本人提供给我的,我相信了他。但是有次我乘船去欧洲的途中,船在哥伦比亚的一个港口停靠了一下,马尔克斯的所有家人都在那里,他父亲问我:'您为什么要改变加比托的年龄呢?''我没有改变他的年龄,他提供给我的信

息就是那样。'我回答道。'不,您给他减了一岁,他的出生还要再早一年。'回到巴塞罗那后,我向他转告了他父亲对我说的话,他非常不自在,甚至刻意改变了话题。那绝对不是马尔克斯疏忽大意的结果。"(《两种孤独》)——在1982年6月的一次访谈中,马尔克斯再度提到自己是在1928年,也就是联合果品公司工人大罢工那年出生的(《马尔克斯访谈录》),似乎透露了他让自己推迟一年出生的隐秘动机,即把自己的出生同那件大事挂起钩来。后来也果然有上当的,如加莱亚诺就说,香蕉种植园大屠杀时,"在阿拉卡塔卡镇,一晚上抓住了一百二十个罢工者。士兵们叫醒神父,拿走墓地的钥匙。神父穿着内衣,颤颤巍巍地听着枪声。离墓地不远的地方,一个婴儿正躺在摇篮里嗷嗷大哭。多年以后,这个婴儿将会向世界揭露这个得有健忘症、忘记所有事物名字的小镇的隐藏的秘密。他将会发现讲述工人们在广场上被枪决的羊皮纸……"(《火的记忆 III:风的世纪》,1986)——说得可真是活灵活现呀,马尔克斯该笑出声来了。这让我们想起了《儒林外史》里的"活神仙",说是活了三百多岁,其实却只有六十多,然后就"忽然死起来"。年龄的虚构往往也是打造传奇的必要工序之一。

朋友们说他身上最显著的特质就是持续不断的幽默感,有时候这种生活中的幽默感与写作上的虚构相去无几。上世纪50年代他曾和朋友一起游历东欧,他在机场对海关工作人

员大开玩笑，试图说服他们相信朋友的妹妹是印第安人，最后成功地用这招让他们在没有签证的情况下从一个国家进入另一个国家（《从马尔克斯到略萨：回溯"文学爆炸"》，2015）。由此，对他那个关于为何写作的著名回答："我写作，是为了让朋友们更喜欢我。"我们也可以从上述角度重新认识，即他在虚构时会想着如何取悦读者，一如在生活中以幽默感取悦朋友们。在1971年6月3日的一次访谈中他也坦承："因为讲了一个好故事而受人喜爱：这是我真正的抱负。"（《马尔克斯访谈录》）

在《活着为了讲述》的扉页上，马尔克斯写了三行题词："生活不是我们活过的日子，而是我们记住的日子，我们为了讲述而在记忆中重现的日子。"而所有的讲述或记忆，都可能只是一种虚构，真真假假，虚虚实实。正如略萨所言："当我将所学到的东西落实到笔下的时候，从来就没有完全弄清楚过：真实也可能是谎言，谎言也可能是真实，谁也不知道在为谁工作。"（《首领们》自序，1979）在1967年3月20日致略萨的信中，马尔克斯提议两人合写一部小说，就写1933年发生在哥伦比亚与秘鲁边境的那场战争，他负责调查哥伦比亚方面的史料，略萨负责调查秘鲁方面的史料，两人分别从本国的角度写，然后合成为一本书，并说自己已经搜集到两千则材料了——这里"两千则材料"的可信程度，大约正如《百年孤独》里马孔多香蕉种植园大屠杀的死亡人

数"三千人"一样。"就加博而言,我们永远也无法确定哪些事是真的,哪些是源自他的想象。可以确定的是他所说的一切都出自他的经验,是他亲眼见过或听说过的事情。他的所有小说都是基于此创作而成的。"(《从马尔克斯到略萨:回溯"文学爆炸"》)在1967年9月5日的一次访谈中,采访者提及:"他始终带着一副'冷漠脸'写作,据他自己所言,他在写小说时通常会把可信的和不可信的东西交织在一起,它们既源自他经历的、储存于记忆中的现实生活,也源自擅长讲故事的家人和其他一些人带着'冷漠脸'给他的童年生活塞入的那些形形色色、让人窒息的幻想。"(《两种孤独》)我们须要记得,他可不仅仅是在写小说时如此,可能在写散文和自传时也如此,甚至在日常生活中也是如此。

在接受采访时也是如此。在1981年的一次访谈中,当采访者问他:"你最新的小说《一桩事先张扬的凶杀案》今年出版。我们不是在某处读到过,你说只要皮诺切特政府继续在智利执政,你就永远不会出版另一部小说吗?皮诺切特仍是在统治着智利,而你的作品出版了。怎么回事?"他回答:"哦,那只是《族长的秋天》出版后我对新闻界说的话。我很生气。那本书我写了七年,而他们首先问我的是:'接下来你要做什么?'一旦被问到那种问题,我就会编造各种答复——任何让他们觉得开心的答复。碰巧,写完《族长的秋天》时,我没有写另一部小说的计划。那个答复就把许多

采访中会问的那个讨厌的问题消除掉了。"但采访者不接受他的解释:"我们被告知,你在接受采访时经常编造故事、小小说。""谁说的?""嗯,你刚才就编了一个嘛。但那是围绕着你的传说中的一个——你对你在采访中说的故事加以'改进'。""我的问题就是我对新闻记者怀有深厚的感情,我喜爱一个人时,我就会创造点什么,就像写短篇小说那样,确保他或她获得一种不同的采访。"(《马尔克斯访谈录》)在1971年6月3日的一次访谈中他也承认,他在接受采访时经常会虚构:"我意识到,正因为我对新闻记者抱有同情,对我来说访谈才最终变成一种虚构了。我想让记者带着点新的东西离开,于是就努力给同样的旧问题找到不同的回答。人们再也不实话实说了,访谈就变成了小说而非新闻业。它是文学创作,是纯粹的虚构。"(同上)所以,我们到底不知道他关于皮诺切特的说法是真是假。

然而,所有的虚构最终都会成为现实,因为现实本身也全都出于人为。比如《红楼梦》里的大观园、《追忆似水年华》中的贡布雷、山西普救寺里的张生跳墙处、伦敦贝克街221B的福尔摩斯故居……还是王尔德的那句话:不是艺术模仿生活,而是生活模仿艺术。《百年孤独》里写到的马孔多香蕉种植园大屠杀,真相始终无迹可寻,根本找不到任何直接或间接的证据。"把这个挥之不去的事件写进小说时,我将脑海中盘桓多年的恐惧化为确切的数字,对应事件的历史性,

将死亡人数定在三千。虚构最终成为'现实'：不久前，在香蕉工人大屠杀纪念日，参议员发表讲话，倡议为死于军队之手的三千名无名烈士默哀一分钟。"(《活着为了讲述》)就像这样，马尔克斯竭尽夸张之能事的"军队向被包围在车站的三千多工人开枪射击，将尸体装上两百节车厢的火车抛进大海"(《百年孤独》)的说法，便成了关于马孔多香蕉种植园大屠杀的唯一信史——仅有的疑点可能只是个数学问题：两百节车厢装三千具尸体，平均每节车厢只装十五具，好像有点过于"奢侈"了；而小说里却写尸体堆得很拥挤，"车厢里除了中间的过道，没有一处空地方……装车的人甚至有时间像运送一串串香蕉似的把尸体排好码齐"(同上)。在1981年的一次访谈中马尔克斯解释道："我也对塑造特定的形象感兴趣：我想让尸体被一辆火车运走，那种装载成捆香蕉的火车。我做了研究，发现要填满这样一辆火车，至少需要三千具尸体。"(《马尔克斯访谈录》)但他似乎忽略了车厢的数量问题，在夸张"两百节"时忘了做一下除法。另外，虽说"将尸体装上火车抛进大海"纯属马尔克斯的虚构，但据加莱亚诺说，那场实际上发生于谢纳加镇的大屠杀，尸体是被装上轮船抛入谢纳加湖的："广场上一片尸山血海。士兵们打扫、清洗了整整一夜。同时，轮船把尸体抛到大海深处。"(《火的记忆III：风的世纪》)加莱亚诺还提到，在危地马拉肮脏战争期间，二十几个议员在大选前夕被除掉，

被装入麻袋,搬上军机,然后在太平洋上空扔了下去。(《爱与战争的日日夜夜》,1978)轮船、飞机与火车本来相去无几,但说"将尸体装上火车抛进大海",会因其荒唐而更令人印象深刻。

"不这么写,能怎么写?"马尔克斯反问道。(1996年4月12日在波哥大"哥伦比亚讲坛"上的演讲《不一样的天性,不一样的世界》)他问得有理。历史的缺失处,文学会来填补。

与此形成对照的是,假作真时真亦假:"我的小说还写出了批准屠杀工人的法令编号,和签署法令的将军与他的秘书的名字。这些东西都有据可查。它们被记录在国家档案里,只不过现在人们是在小说里读到这些的,便认为这是夸大出来的东西……"(《两种孤独》)这就是小说里写到的:"多年以后,尽管无人相信,这个孩子还会传讲,他曾亲眼看到中尉拿着喊话筒宣读省军政主席四号令。政令由卡洛斯·科尔特斯·巴尔加斯将军及其书记官恩里克·加西亚·伊萨查少校签发,全文共三条八十字,宣布罢工者实为'一伙不法分子',授命军队予以枪决。"(《百年孤独》)——这就是加莱亚诺提到的那张"羊皮纸"吧。在读到马尔克斯的自述之前,我也以为这都是杜撰出来的。

孟子曰,尽信书,则不如无书。然而尽不信书,则无书。比较合理的读书法,也许是不尽信书吧。邵子曰,不尽信书,则有书。

（马尔克斯《回到种子里去》，陶玉平译；《活着为了讲述》《我不是来演讲的》，李静译；《十二个异乡故事》，罗秀译；《我们八月见》，侯健译；《百年孤独》，范晔译。贝尔－维亚达《马尔克斯访谈录》，许志强译。萨瓦托《终了之前》，侯健译。马尔克斯、略萨《两种孤独》，侯健译。鲁尔福《佩德罗·巴拉莫》，屠孟超译。富恩特斯《戴面具的日子》，于施洋译。马尔克斯、门多萨《番石榴飘香》，林一安译。埃斯特万、奎尼亚斯《从马尔克斯到略萨：回溯"文学爆炸"》，侯健译。略萨《首领们》，尹承东译。加莱亚诺《火的记忆III：风的世纪》，路燕萍等译；《爱与战争的日日夜夜》，汪天艾译。）

2023 年 11 月 16 日

（原载《书城》2024 年 3 月号；《思南文学选刊》2024 年第 2 期转载；续有增补，本书收入的是增补稿。）

死人比活人还多

一

读马尔克斯的小说,尤其是其魔幻风格的小说,经常让我想起王充的《论衡》。

比如这段:"天地开辟,人皇以来,随寿而死,若中年夭亡,以亿万数,计今人之数,不若死者多。如人死辄为鬼,则道路之上,一步一鬼也;人且死见鬼,宜见数百千万,满堂盈廷,填塞巷路,不宜徒见一两人也。"(《论死篇》)——存世活人数,不如死人多。如人死为鬼,则自古以来,将鬼满为患,满堂盈廷,填塞巷路,道路之上,一步一鬼矣!

在1967年9月5日与略萨的对谈中,马尔克斯回忆起了小时候的经历:"实际上不光是外公,他出力建成的那个镇子里的那一整栋大房子都给我提供了灵感,那是栋巨大的房子,居住其中就相当于生活在神秘之中。那栋房子中有个空房间,佩特拉姨妈就死在里面。还有另一个空房间,拉萨洛舅舅死在里面。于是,到了晚上,人们就不能在大屋里走动了,

因为死人比活人还多。到了晚上六点,他们就让我坐在角落里,对我说:'你别离开这儿,如果你乱走的话,佩特拉姨妈就会从她的房间过来,或者另一个房间里的拉萨洛舅舅就会过来。'我就总是那样坐着……"(《两种孤独》,2021)

——"在本地(加勒比地区)这样的老房子里,有一个习惯,就是死人的房间要锁起来永不打开。"(卡彭铁尔《光明世纪》,1962)

在《百年孤独》(1967)中,小何塞·阿尔卡蒂奥的遭遇复制了马尔克斯的幼年经历:"为了在黑暗中找得到他,她(乌尔苏拉)给他指定卧室里的一个角落,说傍晚过后亡灵就在家中徘徊,而那里是唯一不受惊扰的地方。'你做了什么坏事,'乌尔苏拉对他说,'圣徒们都会告诉我。'他童年时的恐怖之夜都集中在那个角落,他在爱告密的圣徒冰冷目光的监视下,坐在凳子上冷汗直流,一动不动待到上床睡觉为止。"

不仅是马尔克斯本人,他的家人也全都见过鬼,至少在他的叙述里。他家住在卡塔赫纳时,有一次搬到了托里区,晚上屋里会有女鬼现身。"我运气好,没在场。可爸妈和弟妹们七嘴八舌,说得我汗毛直竖,如亲眼所见。第一晚,爸妈睡在客厅的沙发上,只见女鬼穿着红色碎花长裙,短发束在耳后,扎着红色蝴蝶结,目不斜视地从一间房走到另一间房,妈妈甚至能说出裙子上的花纹和鞋子的式样。爸爸不想加剧

妻子的不安、吓着孩子，非说没看见。可是天一黑，女鬼便在房子里自如穿行，谁都没法忽视她。妹妹玛尔戈特有一次在天亮前醒来，见女鬼趴在床栏杆上，正盯着她看。被阴间的人盯着看，让她不寒而栗。星期天望完弥撒，一个女邻居向妈妈证实，说有一回，之前在这里住的那家人正在吃午饭，女鬼居然大白天在餐厅里现身，所以此后，那房子空了许多年。"（《活着为了讲述》，2002）

小时候的经历影响了马尔克斯的一生："我始终战胜不了独处的恐惧，更别提独自在黑暗中待着。我知道根源在哪儿：夜里，外婆的幻想和预感会成真。如今，我已年过七旬，还会在梦里隐约瞥见走廊上茉莉花的灼热和昏暗卧室里的幽灵。我自小就惧怕黑夜，至今仍未能克服：多少个夜里，我辗转反侧，感觉生活在幸福世界里的我也背负着那栋传奇老宅的诅咒，每晚死去。"（同上）

也就难怪，1956年的悲秋之末，马尔克斯漂在巴黎，读到科塔萨尔的《动物寓言集》（1951），"翻开第一页，我就意识到他是我未来想要成为的那种作家"（1984年2月22日在墨西哥城美术馆的演讲《人见人爱的阿根廷人》），而该书的第一篇正是让人不寒而栗的《被占的宅子》（1946）。

同样难怪，1961年他定居墨西哥后，读到了鲁尔福的《佩德罗·巴拉莫》（1955），就跟大学时代读到卡夫卡的《变形记》一样，如五雷轰顶，茅塞顿开，重新确认了自己的写作方向。

说起来，《佩德罗·巴拉莫》简直就像是一部亡灵小说，里面的出场人物大都是鬼魂，活人也生活在鬼魂的世界里。"这些人眼下都关起门来过日子了。白天我也不知他们在干些什么，可是，一到夜里他们就把自己关在房子里。这儿一到夜里便一片恐怖。您要是能看到在街道上随便游荡的那为数众多的鬼魂就好了。天一黑他们就出来，谁也不愿意见到他们。他们的数量这么多，我们人数又这么少，以至于我们都无法为他们做出努力，替他们祈祷，让他们脱离苦海。他们数量这么多，我们做的祷告也不够用。即使分摊上了，每个鬼魂也只摊到几句《天主经》。这几句经文对他们是无济于事的，更何况我们自己也有罪孽呢。"——这可真是"计今人之数，不若死者多……道路之上，一步一鬼……数百千万，满堂盈廷，填塞巷路"呀！

加莱亚诺告诉了我们同样的"事实"："告诉我，你去过马拉开波吗？""去过。""说说看。""有很多高楼，装了空调，湖里都是石油塔。""白痴！你什么都没看见。你不知道马拉开波街上有太多鬼魂横行，人都没法走路吗？"（《爱与战争的日日夜夜》，1978）

于是，在《百年孤独》里，何塞·阿尔卡蒂奥·布恩迪亚的垂暮之年，他杀死的冤家对头的鬼魂来找他聊天。"死去多年之后，普鲁邓希奥·阿基拉尔对活人的怀念如此强烈，对友伴的需求如此迫切，对存在于死亡之中的另一种死亡的

迫近又是如此惧怕，最终对他最大的冤家对头萌生出眷恋。他找了很久。他向里奥阿查的死人们问起他，向从巴耶杜帕尔、从大泽区来的死人们问起他，但没人知道。马孔多对亡灵来说是一处未知之地。""然而实际上，他长期以来还保持交流的对象只有普鲁邓希奥·阿基拉尔。普鲁邓希奥·阿基拉尔死后衰老已极，几近归于尘土，但仍每天两次找他聊天。"鬼魂不仅也会变老，而且还会死去，所以会有"活着的鬼魂"和"死去的鬼魂"……最后一代奥雷里亚诺与姨妈阿玛兰妲·乌尔苏拉相爱，"许多次两人被鬼魂的忙碌声吵醒……便明白生前的执念能够战胜死亡，于是重又欢欣鼓舞，确信他们变成鬼魂后还会继续相爱"。

有时候不免会瞎想，如果马尔克斯有机会接触到中国六朝的志怪小说……

二

又如这段："祸变且至，身自有怪，非適（敌）人所能动也。何以验之？时或遭狂人于途，以刃加己，狂人未必念害己身也，然而己身先时已有妖怪矣。由此言之，妖怪之至，祸变自凶之象，非欲害己者之所为也。且凶之人，卜得恶兆，筮得凶卦，出门见不吉，占候睹祸气。祸气见于面，犹白虹、太白见于天也。变见于天，妖出于人，上下适然，自相应也。"

（《感虚篇》）——大祸临头的时候，身体自己会作怪，脸上会出现晦气，这是自然而然的，不是凶手造成的。

"玛露哈正在吃午饭，（姐夫）加兰邀请她领导团队帮助他竞选下届总统。在上一届选举中，她是他的形象顾问，和姐姐格萝莉娅在全国展开了竞选活动。他们欢庆过胜利，经受过失败，躲避过风险，因此，这个请求是符合常理的。玛露哈觉得很合理，很满意。但是，吃完饭后，她察觉到加兰脸上有一种意义不明的神情，一种超自然的光芒，她以准确的洞察力快速判断，有人要杀他。征兆太明显了，于是她说服丈夫也一同回哥伦比亚。虽然马尔克斯将军给他提了醒，但没有向他说明死亡的风险。启程前八天，他们在雅加达被一则新闻惊醒：加兰被杀害了。"（《一起连环绑架案的新闻》，1996）

——1989年8月18日哥伦比亚总统候选人加兰在索阿查遇害事件，巴斯克斯的《坠物之声》（2011）中是如此描述的："对他的谋杀比较特别……因为它被呈现在了电视上：集会的人群为加兰欢呼，跟着便是一阵阵自动步枪扫射，再接下来则是木讲台上倒下的躯体，跌落得无声无息，抑或是声息湮没在了骚乱的喧哗中，湮没在了最初的那几声惊叫里。"

不仅在小说里，在实际生活中，作者本人也是这样的，也迷信预感。他与老友如此对话——

门多萨：我认为，你的预感和直觉还真帮了你不少忙。

你生平的许多重大决定都是依靠它们做出的。

马尔克斯：不仅仅是重大决定，而是所有的决定。

门多萨：果真是所有的决定吗？

马尔克斯：所有的和每天的决定。我每次要做出什么决定，总是凭预感或直觉。（《番石榴飘香》，1982）

在《"文学爆炸"的家长里短》（1982）一文里，多诺索夫人塞拉诺也提及："热情的加勒比人马尔克斯是很迷信的，他很崇敬黑人的魔法，真心实意地相信。他的生活一半归'帕瓦'管辖，这是热带的'盖塔'——意大利的厄运。马尔克斯夫妇不仅回避它，按照礼仪驱走它，而且把他们对它的恐惧传染给别人。"

"他（奥雷里亚诺·布恩迪亚上校）试图摸清预感的规律，却是徒然。预感总是倏然来临，灵光一现，好像一种确凿无疑的信念在瞬间萌生却无从捕捉。有些时候来得如此自然，直到应验之后才有所察觉。也有些时候非常明确却没有应验。还有许多时候不过是普通的迷信而已。"（《百年孤独》）这些大概都是马尔克斯的夫子自道了。

其实不是加勒比人也可以很迷信的，比如贝内德蒂笔下的自传式人物克劳迪奥，他得奖的"三点十分"钟表画，他赌场的幸运数字"三"和"十"，他的"三小时十分钟"的航程，他的下午"三点十分"时间点。"这是我短暂的人生经验中最重要的一个时间点：三点十分我发现了丹第的尸体；

我妈妈是三点十分去世的；丽塔三点十分闯进了我的阁楼；我和娜塔莉亚的第一次也是在三点十分。我从来都不是迷信的人，但是，每天到这个时间，我都会紧张，会警惕，就好像意料之外的事情会突然发生。"（《咖啡残渍》，1992）

三

我想象马尔克斯与王充如果生于同时同地，当免不了斗斗嘴吵吵架，或点点头拍拍肩，因为他们虽相隔了千年万里的时空，却像是生活在同一个世界里，对所有稀奇古怪的事情兴趣盎然，只不过一个更看重理性，另一个更看重非理性。

我还有一个"重大"的发现：他们的祖辈竟有着极为相似的经历，可能也是他们共同点的一个成因。马尔克斯的外公曾在捍卫荣誉的决斗中杀过人，不堪死人的分量越来越重，举家逃离故乡，再也不敢回去。"儿时，这件事对我触动很大。我背着上一代人的罪过，深切自责，直到如今，落笔之时，我依然更同情死者家人，而非自家人。"（《活着为了讲述》）王充的祖辈也因凶年杀人、怕遭报复而举家迁往他乡："世祖勇任气，卒咸不揆于人。岁凶，横道伤杀，怨仇众多。会世扰乱，恐为怨仇所擒，祖父汎举家担载，就安会稽，留钱唐县，以贾贩为事。"（《论衡·自纪篇》）——套用比较文学界的一句套话：何其相似乃尔！

希望总有一天,我能用《论衡》来注释《百年孤独》,或者反过来,用《百年孤独》来注释《论衡》。这就算是我一个人的"比较文学"吧。

四

不过,马尔克斯与老友的另一番对话,王充听了也许会拍案而起,黑着脸大喝一声"此言虚也"——

门多萨:你从来没有穿过燕尾服吗?

马尔克斯:没有。

门多萨:难道你永远也不会穿?要是你得了诺贝尔奖,你总该穿了吧?

马尔克斯:我有好几次参加活动或仪式时都提出一个条件,就是不穿燕尾服。我们又有什么法子呢:不这样会倒霉的嘛。(《番石榴飘香》)

1982年12月8日,马尔克斯穿着地道的加勒比地区传统服装"黎吉黎吉"参加了诺奖颁奖典礼,打破了诺奖获奖者必须穿燕尾服的着装惯例。多诺索夫人塞拉诺在《"文学爆炸"的家长里短》里说:"在斯德哥尔摩,获得桂冠的小说家宣布他不穿领奖仪式要求的燕尾服。12月10日在音乐厅,他以胆怯之人的典型表情,穿了一件白色的黎吉黎吉,与其他参加仪式的领奖人的清一色形成鲜明对照,使他的形象非

常突出。黎吉黎吉是加勒比地区的一种典型上衣,与其说是城市的还不如说是农村的服装,有时候一些大人物穿上这种服装以显示他们在政治上的左倾,尽管常常用闪闪发光的金纽扣来扣衬衫。"——有什么法子呢,不这样会倒霉的嘛。

只不知因此会倒霉的是谁,是马尔克斯还是瑞典国王?

(马尔克斯、略萨《两种孤独》,侯健译。卡彭铁尔《光明世纪》,刘玉树译。马尔克斯《百年孤独》,范晔译;《活着为了讲述》《我不是来演讲的》,李静译;《一起连环绑架案的新闻》,林叶青译。鲁尔福《佩德罗·巴拉莫》,屠孟超译。加莱亚诺《爱与战争的日日夜夜》,汪天艾译。巴斯克斯《坠物之声》,谷佳维译。马尔克斯、门多萨《番石榴飘香》,林一安译。多诺索《"文学爆炸"亲历记》,段若川译。贝内德蒂《咖啡残渍》,夏婷婷译。)

2023 年 11 月 18 日

普鲁斯特大夫的拉美弟子

一

在1967年9月5日与略萨的对谈中马尔克斯自称,他有时会在自己的小说中引入同时代其他作家笔下的虚构人物。比如在《百年孤独》(1967)中,富恩特斯《阿尔特米奥·克罗斯之死》(1962)里的人物洛伦索·加比兰上校流亡到了马孔多(他最后一次出现在《阿尔特米奥·克罗斯之死》里是1927年11月23日),他常说自己曾亲眼见证战友阿尔特米奥·克罗斯的英雄事迹(加比兰救过克罗斯的命,但那次克罗斯其实是逃跑,为了他爱上的一个姑娘);因参与在香蕉种植区各村镇发动游行,他与何塞·阿尔卡蒂奥第二一起被关进了省监狱,近三个月后获释;大罢工爆发后,受到指派混进人群,见机行事引导群众,惨死于马孔多车站小广场的大屠杀。走遍世界的何塞·阿尔卡蒂奥在加勒比海见过卡彭铁尔《光明世纪》(1962)里的人物维克多·休斯的海盗幽灵船,船帆被死亡的阴风扯得七零八落,桅杆被海蠊蛀

蚀，再也找不到瓜德罗普岛的方向。马尔克斯上校的后人加夫列尔（马尔克斯的化身）参加了一家法国杂志的有奖问答，头奖是一次巴黎之旅，他赢得了大奖（略萨的类似经历），退掉了返程机票，滞留在了巴黎，住在多芬尼大街上的一家阴森的旅馆里，把女招待扔出来的过期报纸或空酒瓶拿去换钱来度日，白天睡觉，晚上在弥漫着煮花椰菜气味的房间里写作以转移饥饿感（马尔克斯的经历），日后科塔萨尔《跳房子》（1963）里的人物罗卡玛杜将在同一个房间里离开人世。此外，马尔克斯说他完全相信，用篮子把最后一个奥雷里亚诺送来的老修女，就是略萨《绿房子》里的帕特洛西尼奥嬷嬷，只是因为缺少必要的信息，且一时又联系不上略萨，他才无法把她直接搬到《百年孤独》中来（《两种孤独》，2021）——拉丁美洲"文学爆炸"的几员主将就这样会聚在了《百年孤独》里。此外，在1967年3月20日致略萨的信中马尔克斯也说，《百年孤独》里马孔多的那家妓院很像《绿房子》里皮乌拉的某家妓院（《从马尔克斯到略萨：回溯"文学爆炸"》，2015）。

不仅马尔克斯，其他拉美作家也喜欢玩这一手。如多诺索《大象葬身之地》（1995）里的人物、神秘而肥胖的美国女人鲁比，出现在了富恩特斯的《玻璃边界》（1995）中："我叫鲁比，我和智利小说家何塞·多诺索订婚了！我只会属于他！"富恩特斯本人也出现在了自己的这部小说里："有多

少墨西哥人能够说一口像样的英语呢？狄奥尼西奥只认识两个，豪尔赫·卡斯塔涅达和卡洛斯·富恩特斯，因此这两个家伙让他觉得可疑。"富恩特斯还与多诺索一起创造了一个文学人物——厄瓜多尔小说家马塞洛·齐里波加，称之为"厄瓜多尔文学的神话人物"，作为拉丁美洲"文学爆炸"中厄瓜多尔的代表，出现在两人的多部作品中（《玻璃边界》译者注）。

他们把巴尔扎克《人间喜剧》式的互见法用在自己的小说中，正如马尔克斯在上述对谈中所说的，目的是为了构筑真正的属于拉丁美洲的全景小说："拉丁美洲的现实是多面的，我认为我们每个作家都在试图描写现实的不同面。从这个意义上来看，我觉得我们都在写同一本小说……它们都是拉丁美洲现实的组成部分……我想说的是，尽管作家之间存在差异，但我们还是可以轻松地把这些虚构人物从一本书引入另一本书中，而并不显得虚假。那是因为存在着某个我们共享的层面，当我们找到表达这一层面的方式，我们就能写出真正的拉丁美洲小说，就能写出属于拉丁美洲的全景小说，那本小说放在任何拉丁美洲国家背景中都讲得通，哪怕在这些国家间存在着政治、社会、经济、历史等方面的差异。"（《两种孤独》）

二

与此同时,我们也常常看到,马尔克斯也会让自己小说中的虚构人物与真实的作家发生关系,以此来向那些他或敬佩或喜欢或受过其影响的经典作家致敬。

公共卫生专家乌尔比诺医生留学法国期间,他同为医生的父亲死于一场霍乱。于是,为了抚平记忆的伤痛,也是作为一种悔过,他学习了一切能学到的有关各种形式的霍乱的知识。他成了当时最杰出的流行病学家、疫区封锁理论的创始人、那位伟大小说家马塞尔·普鲁斯特的父亲阿德里安·普鲁斯特大夫的学生——普鲁斯特的研究者们,你们注意到了没有,在普鲁斯特大夫的门下,曾有过这么一位拉美弟子?他甚至可能去过普鲁斯特的府上,也见过当时还没出道的小马塞尔。

乌尔比诺医生在巴黎留学的时候,有段时间总是守在雨果的住所前,以及听说雨果必去的几家咖啡馆里,但雨果从未出现过。有一天,他偶然从卢森堡花园经过,竟看见雨果从参议院里走出来,被一个年轻女人搀扶着,看上去十分苍老,举步维艰,胡子和头发都不像画像上的那样光亮,身上的衣服也好像属于另一个高大许多的人。他不想用一个不合时宜的问候毁掉这段记忆:就这样近乎虚幻地看上一眼,已足够令他终身难忘的了——这大概就是作者本人在卢森堡花园附

近邂逅海明威的真实经历的改写吧。

顺便说一句,哥伦比亚人之所以特别崇拜雨果,除了他的作品以外,还因为他曾盛赞哥伦比亚的宪法,说它不是给人制定的,而是给天使制定的(其实雨果的本意很难说是赞美还是讽刺,在1989年的一次访谈中马尔克斯也说:"宪法、法律……在哥伦比亚,一切都是宏伟高尚的,一切都是停留在纸面上的,和现实一点儿都不相符。"见《马尔克斯访谈录》,2006)。正如中国人之所以特别喜欢雨果,除了他的作品以外,还因为他那封著名的《就英法联军远征中国致巴特勒上尉的信》,声讨了英法"两个强盗"洗劫、火烧圆明园的滔天罪行。所以,雨果在哥伦比亚享有一份感人的声誉,当时凡去法国旅行的哥伦比亚人,大都热切地盼望能够见到他,乌尔比诺医生也是其中之一。

后来,乌尔比诺医生在欧洲作蜜月旅行时,又在新年的第一场雪中邂逅了王尔德。那是一个大雪纷飞的下午,一群人冒着暴风雪站在一家小书店门前,引起了这对新婚夫妇的好奇,原来,王尔德正在书店里。终于,他从里面走了出来,果然气宇不凡,但也许他自己过分意识到了这一点。人群将他团团围住,请他在书上签名。乌尔比诺医生停下来只是想看看,可他冲动的妻子却要穿过大街去,由于没有带书,她想请求王尔德把名字签在她觉得唯一合适的地方:那副美丽的羚羊皮手套上。

乌尔比诺医生的岳父曾从事各种可疑的不法生意，有一次，他充当了自由党政府与一个名叫约瑟夫·特·康·科尔泽尼奥夫斯基的波兰人之间的牵线人。这个波兰人混在悬挂法国旗的商船圣安东尼号的船员中间，在本地逗留了几个月，试图做成一笔可疑的军火生意。他不知怎的与乌尔比诺医生的岳父联系上了，后者用自由党政府的钱向他买下了这船武器，然后以双倍价格转卖给了正在与政府军作战的保守党人。这个名叫约瑟夫·特·康·科尔泽尼奥夫斯基的波兰人，就是后来以约瑟夫·康拉德之名闻名于世的波兰裔英国作家。（以上《霍乱时期的爱情》，1985）

"解放者"玻利瓦尔将军的情人曼努埃拉被驱逐出境，落脚在了秘鲁太平洋海岸的一个港口派塔，各大洋来的捕鲸船都在那里停泊。流亡期间有三次值得纪念的来访，对于孤苦伶仃的她是莫大的安慰。其中一次是美国小说家麦尔维尔的来访，当时他正在世界各大洋航行，为《白鲸》一书的创作收集素材。（《迷宫中的将军》，1989）

马尔克斯博览群书，熟悉许多作家的生平。安排自己小说中的虚构人物邂逅那些真实的作家，他一定感到了造物主般的调皮、快乐与满足。

（马尔克斯、略萨《两种孤独》，侯健译。马尔克斯《百年孤独》，范晔译；《霍乱时期的爱情》，杨玲译；《迷宫中的将军》，王永

年译。埃斯特万、奎尼亚斯《从马尔克斯到略萨:回溯"文学爆炸"》,侯健译。富恩特斯《阿尔特米奥·克罗斯之死》,亦潜译;《玻璃边界》,张婷婷译。贝尔-维亚达《马尔克斯访谈录》,许志强译。)

2023 年 11 月 24 日

迷失东京

一

《坏女孩的恶作剧》（2006）读来更像是一部通俗小说，没有采用略萨惯用的各种结构技巧，"坏女孩"的形象又来自西方文学传统，似曾相识，并不能带给读者以特别的惊艳之感。毋宁说，作者旨在以"坏女孩"的故事为线索，重温自己四十年间在欧洲的游历，并反映一个发生了巨大变化的世界。正如他在访谈中被问到"利马、巴黎、伦敦、马德里，小说里的这四个主角城市勾画了您自己的生活历程吗"时所说的："这个历程的确是我自传的一部分。我通过回忆来讲上世纪50年代的利马、60年代的巴黎、70年代的伦敦和80年代的马德里。"（《略萨访谈：我想探讨一种脱离浪漫主义神话的爱情》，2006）

但我们注意到访谈中有一个小小的缺失，那就是小说里的主角城市本来应是五个，小说全部七章故事里的第四章，写的是发生在日本东京的故事，不知为何访谈中却完全没有

提及。利马和巴黎在小说中各占了两章，写了上世纪50年代和80年代的利马，60年代至80年代的巴黎，让读者看到了利马的走向现代化，巴黎"五月风暴"所产生的深远影响。对于作者个人来说，它们当然都是重要的。此外，伦敦和马德里也同样重要：70年代的嬉皮士运动，影响了全世界的年轻人；后佛朗哥时代的西班牙，从不发达走向了现代化。此外，对略萨来说，除了祖国秘鲁以外，西班牙、法国和英国也是"我觉得就像在自己家里一样的国家"（《水中鱼》，1993）。但这些并不是不提东京的理由，尤其是上世纪80年代的东京，正处于日本经济繁荣的巅峰，也是亚洲流行文化的发祥地，重要性并不亚于另外四个城市。而且，略萨也不是没有去过日本，从而对日本毫无印象。1979年，他作为国际笔会主席访问过日本。1989年10月，作为秘鲁大选的总统候选人之一，他专程访问了日本及"亚洲四小龙"，受到了日本朝野友好热情的接待。当时的日本首相为了与他见面，还推迟了与美国商务部长的约见——那时我也正浪迹日本，依稀记得相关的新闻。可是在作者的访谈中东京却缺席了。

当然，仅从叙事者个人的视角来看，也许东京确实没有那么重要。叙事者眼中呈现的东京，主要是若干消极的层面，比如它发达的"风俗"行业，有关黑帮老大的传说，日本人变态的性行为等。"正如我坚信的那样，日本文化的一切精彩绝伦之处不是闪耀在明治时期的雕刻、能剧院、歌舞伎上，

也不在文乐剧的木偶上,而是闪耀在幽会之家或妓院上,那里以法国城堡名字命名,其中最有名的是销魂城堡。那是一个真正的提供肉体愉悦的乐园,慷慨地倾注了日本人的才华,把最先进的技术同性爱智慧以及因传统而大放异彩的礼仪相结合。在销魂城堡的房间里,一切皆有可能:所有放荡、想象、幻觉和荒唐古怪的事都有舞台,都有助其实现的道具。"(《坏女孩的恶作剧》)这么来看日本文化的"精彩绝伦之处",不知日本人听了会作何感想?

在其阴险、狡诈、怪异、令人生畏却拥有权势和金钱的日本主子福田那里,"坏女孩"受到了一生中最大的伤害,被利用来走私各种非法违禁物品,还得满足日本主子的各种性怪癖。其实早在四十年前的《绿房子》(1966)里,就有一个巴西籍日本逃犯伏屋,在亚马孙地区从事走私活动,大肆掠夺土著印第安人,最后患了麻风病遭到隔离。他可以说是福田的"先辈"。略萨在2019年10月29日的一次访谈中说:"伏屋是有真人作为原型的,伏屋是真实存在的。我本人不认识他,但他确实存在。我第一次到秘鲁的雨林考察时,当地人全都在谈论伏屋,他成了一个传奇人物。于是我以之为原型创作了小说中的伏屋。至于福田,我对这个人物印象很深,但他完全是虚构出来的。"(《从马尔克斯到略萨:回溯"文学爆炸"》中文版附录)我们注意到,从伏屋到福田,尽管一个是真实人物一个是虚构出来的,但

在略萨笔下的这两个日本人的形象里，似乎存在着某种一以贯之的负面的东西。

二

在19世纪，秘鲁是世界上继巴西之后第二个向日本移民开放的南美国家，在秘鲁生活着大量的日本移民，他们把利马北部的农业发展了起来。不过，日裔在秘鲁的地位一向不高，在普拉多总统第一次执政时期（1939—1945），正值第二次世界大战，这个总统在向日本宣战之后，没收了日本侨民的财产，并将第二、第三代日侨驱逐出境，让日本侨民饱受掠夺与欺侮。在奥德里亚将军独裁时期（1948—1956），包括日本移民在内的亚裔在秘鲁也饱受敌视。直至几十年后藤森参加秘鲁总统竞选期间，日本移民还被当街辱骂、逐出饭馆。种族偏见这一爆炸性因素，一直存在于秘鲁社会中，且常厚颜无耻地表现出来。

被称作"中国人""小日本"（拉美人常常"中国""日本"不分，如在多诺索的处女作《"中国"》里，"中国街"的标志性店铺之一就是一家日本裁缝铺）的藤森是略萨的老对手了，两人曾角逐1990年的秘鲁总统，结果略萨败给了藤森。这个在演讲中攻击所有政客的"小日本"藤森，身披斗篷，在东方人的面孔上戴一顶土著人的护耳帽，驾着拖拉机

到处漫游，仿佛一夜之间对老百姓施了魔法，以令人眼花缭乱的方式腾空而起，支持率从投票日的十天前开始急剧飙升，就连最有阅历的老政客也看不懂这个"藤森现象"。在那次选举中，秘鲁史上第一次，一个日本人的后裔在日本之外的国家当上了总统。

而对略萨来说，那是他一次不堪回首的误入政治泥潭，起因可能是自幼家人对他抱有的幻想。"家里人对我是抱有幻想的，认为我是家族的希望。这是真的，我的那些该死的亲属希望我有朝一日成为百万富翁，或者至少能当上共和国总统。"（《胡莉娅姨妈和作家》，1977）当第一轮的投票结果远不如预期时，略萨走进了藤森的住宅，想要与其达成共识后弃选第二轮。"那座住宅位于国家公路的出口附近，隐蔽在一堵高墙、一座加油站和汽车修理部后面。藤森亲自来给我开门：看到这个贫民区里居然在高墙后面有日式花园、矮树丛、几座小小木桥连接的池塘、满园吊挂的宫灯和一座典型的东方式住宅，我着实吃了一惊。我感到自己是在日本料理店或者九州或者四国传统的建筑物里，而不是在利马。"（《水中鱼》）这座与利马的贫民区乃至秘鲁格格不入的日式住宅，似乎也是日本文化在略萨眼中的一个另类标志。略萨虽自称对秘鲁的日裔一向抱有好感，因为他们会理财又勤劳，而且不少日裔团体对他的竞选予以支持，但对那个日裔工程师藤森则绝无好感。城门失火，殃及池鱼，也许由此连

累了跟日本文化有关的一切，那是他从前不久的日本之行中刚了解到的，后来大都写进了《坏女孩的恶作剧》中。比如，藤森在竞选辩论中发言的嗓音被他比喻为单弦；藤森上台后发动政变，又换上了一副新面具，被他比喻为"如同歌舞伎闹剧中一个演员变换各种人物面具一样"（《水中鱼》）——他对单弦、歌舞伎的观感可想而知。在2019年10月29日的一次访谈中他说："我把《坏女孩的恶作剧》中的一个场景设置在日本，也是为了反映秘鲁社会的多样性。"（《从马尔克斯到略萨：回溯"文学爆炸"》中文版附录）这话说得耐人寻味，似乎是以福田影射藤森，不免让人联想起他与藤森的政治纠葛。

在《水中鱼》里略萨对藤森尚有所克制，仅把主要矛头指向藤森的左膀右臂"博士"："他在仕途上迅速（但秘密）的升迁，似乎是开始于第一轮和第二轮竞选活动期间，通过他的影响和联系，一切指控藤森在房地产交易中公证登记和法律档案的犯罪痕迹全部被销毁了。从那时起，他就当上了藤森的顾问和左膀右臂。"但过了近四分之一个世纪，略萨还是用《五个街角》（其实可译作《五角场》，2016）对藤森作了终极报复。略萨在该小说中使用了史实加虚构的手法，不仅艺术地再现了让藤森垮台的录像带丑闻事件，还揭露了藤森家人从头伪造藤森的出生文件、在海军决定揭露此事时由"博士"去摆平的内幕。"在第一轮和第二轮投票过程中，

海军发现藤森实际上并不是秘鲁人，而是日本人，他是随着他的移民家庭一起来秘鲁的，而他的家人就和其他许多亚洲移民家庭一样，为了保证自己的后代有更好的未来，而给藤森伪造了出生证明，还特意把他的生日选在了秘鲁国庆节那天，也就是7月28日。他们甚至在教区注册了藤森的受洗证明，以此证明他是在秘鲁出生的。而在藤森参选总统、开始在媒体上抛头露面后，海军决定将他们的发现公之于众。藤森害怕了，因为如果证明了他是日本人，那么根据法律规定，他将自动丧失参选资格。就在这一关键时刻，'博士'开始了他和那位令人恐惧的参选人的合作。'博士'确实是做这个的料，短短几天内，所有能够证明藤森伪造出生材料的文件都消失了，而发现那些文件的海军高官们要么被买通，要么被恐吓，都不再提起伪造文件的事情了，有的甚至还主动把文件销毁了。因此，这桩丑闻永远都没有被曝光出来。记录有藤森受洗情况的那页纸从教区的登记册里神秘地被人撕掉了，从此再也没有人见过。从那时起，'博士'就变成了藤森的左膀右臂，还被任命为国家情报局主管。也就是说，从几乎十年前开始，他就成了秘鲁最恶劣的政治犯罪、交通事故、抢劫杀人案件的炮制者。还有传言说，他和藤森在海外藏匿了巨额资产。"而在二十余年前的《水中鱼》里，略萨还说自己一再提醒选民，"藤森和我一样是秘鲁人"，"藤森工程师像我一样是地地道道的秘鲁人"。文学与政治在此

分道扬镳了。(毅平按:巧合的是,就在我开始写本篇的时候,经过长达十六年的监禁后,藤森刚于四天前获释出狱。)

顺便说一句,《五个街角》里那家引爆录像带丑闻事件的《大曝光》杂志,约四十年前就已经以《特刊》的名目出现在《胡莉娅姨妈和作家》里了:"《特刊》杂志是在奥德里亚时代创办的,当时势头很好。政府给它通消息,私下资助它,要它攻击一些人,保护另一些人。此外,它还是当时少数获批出版的杂志之一,像热面包一样,销路很好。但是奥德里亚一倒台,可怕的竞争开始,这家杂志就破产了。"《大曝光》杂志是藤森用来整垮政敌的工具之一,他们在诸如此类的杂志上投了很多资金,好让它们帮助自己抹黑当局的敌人。从奥德里亚到藤森,独裁者的做法一脉相承。而《大曝光》杂志的负责人加洛,则像是《潘达雷昂上尉与劳军女郎》(1973)里亚马孙电台节目主持人辛奇的转世还魂。

三

在2006年那次关于《坏女孩的恶作剧》的访谈中,略萨谈到第三世界开始进入欧洲的视野:"在那些年代,欧洲第一次真正发现了第三世界,并且被它强烈地吸引……后者在这之前对欧洲来说是不存在的。结果不管是在政治领域还是在社会文化领域,欧洲都向拉丁美洲敞开了大门,发现了拉

丁美洲的作家,翻译他们的作品,传播他们的作品,将这些作家据为己有。这对拉丁美洲是一件大好事,对欧洲同样是一件大好事:它促成了一种全球化,这种全球化后来广泛地拓展,特别是在经济领域。"(《略萨访谈:我想探讨一种脱离浪漫主义神话的爱情》)不过令人遗憾的是,尽管如此,第三世界除了拉丁美洲自身,还很少进入拉美作家的视野,在马尔克斯那里是基本没有,在略萨那里是进入了不少,但还是相当有限——关于《坏女孩的恶作剧》的访谈中东京的缺席或许也是个象征。

在中国的世界地图上,亚洲与美洲只隔了一个太平洋,但在西方的世界地图上,美洲与亚洲却隔了大西洋加欧洲和非洲。这也许正是我们看美洲与美洲人看我们之间不同的成因。多米尼加独裁者特鲁希略遭暗杀后,其情报部门头子加西亚也失势左迁,被派往"远到天边""世界尽头"的东京当外交官去了。"日本?还能更远一点儿吗?""这已经是离多米尼加共和国最远的大使馆了。"(《艰辛时刻》,2019)。看一眼西方的世界地图,就听得懂这番对话了;如换成中国的世界地图,日本离美洲就没那么远,仅隔了一个太平洋而已,中国古人会说"一衣带水"。

"远远地,可以看到在大洋尽头水天相连的地方,一轮大圆盘似的红日如燃烧般地喷射着亮光,徐徐地沉进太平洋。"(《坏女孩的恶作剧》)在中国、日本乃至东亚,人们看到

的几乎是一模一样的景象,只不过红日是从太平洋中徐徐地升起。

(略萨《坏女孩的恶作剧》,尹承东、杜雪峰译;《水中鱼》,赵德明译;《绿房子》,孙家孟、马林春译;《胡莉娅姨妈和作家》,赵德明等译;《五个街角》《艰辛时刻》,侯健译。埃斯特万、奎尼亚斯《从马尔克斯到略萨:回溯"文学爆炸"》,侯健译。多诺索《避暑》,赵德明译。)

2023年12月10日

庄园主和中国姑娘

企业家老朋友的案子尘埃落定以后,名律师说起了自己外公外婆的故事。

他外公是个大庄园主,一个拥有贵族血统的人,却疯狂地爱上了在庄园里开杂货铺的老板的女儿,而他们却是中国移民。于是,他外公面临着双重鸿沟:阶级鸿沟与种族鸿沟。他外公不顾身份差异,顶着全家族的压力,迈出了关键性的一步:在庄园的教堂里,在上帝的见证下,和杂货铺老板的女儿结了婚。在当时的秘鲁,这成了一桩世纪丑闻。在他们家里,也成了一个大秘密,就像是个禁忌一样,没有人会提起。婚礼时拍的照片,也被家里人销毁。

他外婆性格很好,也很能干,后来家里的事都是她说了算。慢慢地,不甘于只当一个家庭主妇的她,开始帮助他外公料理庄园里的事务,经常穿着长裤、马靴,戴着草帽,手里拿着马鞭,骑着马在田野上奔驰着。她视察着灌溉、播种和收获,下着命令,有时还会辱骂和鞭打偷懒的雇工……

但这个美丽的灰姑娘故事中,还隐藏着一些可怕的东西。

事实上，从他外婆结婚开始，她所有的家人：当杂货铺老板的爸爸、妈妈、她的兄弟姐妹们，全都从庄园里消失了。每年一次，他外婆都要做一趟神秘的旅行，一个人出门，一去就是好几天，家里的说法是她去见她的家人了。他猜测，有可能是他外公的家人，甚至有可能是外公自己，把他们全都赶走了。因为他外公可能不在乎与杂货铺老板的女儿结婚，但是让他外婆的家人继续留在庄园里，那对他外公而言可能就有点过分了。他们被迫离开了庄园，一点儿痕迹都没有留下。这可能是他们之间协商的结果：他外公给了他们一笔钱，让他们到很远的地方去过日子；而他外婆每年一次的外出，就是为了去和她的家人团聚。

名律师的老朋友开玩笑说，也有可能他外公或是家人下令把他们全都杀了，或是诸如此类的事情，就是为了不让家族蒙羞。而他外婆每年的外出，只不过是为了到她家人的坟头放一束花。名律师回答："你说这句话是在跟我们开玩笑，但我认为在那个年代发生这样的事情也并非绝无可能。在半个世纪前，又有谁会在乎几个可怜的中国移民的命运呢？也有可能他真的下令把他们杀了，是有这种可能的，而且他确实有这样的权力……我一直不好意思跟别人讲，因为这是我家的丑事。我觉得我们应该为此跟我的外婆和她的家人道歉才是。"（《五个街角》，2016）

这确实是一个有点伤感甚至残酷的故事，让我们想起了

杜拉斯与其中国情人的故事，从感到羞耻到勇于承认到引以为荣走过了近半个世纪（参见拙文《一枚钻戒》《中国情人》《中国北方的情人》，收入拙著《中西草》）。这个故事可能也有作者的自传背景。略萨的祖母去世后，他祖父到安第斯山区中部的一个小村子里，在那里当了火车站站长，与一个梳辫子、戴串珠的印第安女人同居，活到九十岁，最后死在那里，留下一大堆混血儿子。略萨父亲对此羞愧难当，引以为耻，大发雷霆，猛烈抨击。于是，他祖父的名字在家里是个禁忌，一切与祖父有关的事都是忌讳。"正是因为如此，我总是对这位我从来没有见过的祖父怀有一种秘密的同情。""在我自己的家族里，我小时候，埃利安娜姑妈因与东方人结婚而被开除家籍。"（《水中鱼》，1993）祖父、姑妈的遭遇以及他对他们的同情，也许就文学化为《五个街角》里的故事了。

中国移民曾经的不幸命运和卑微处境，在马尔克斯的作品里我们曾经看到过，在略萨的作品里也经常可以看到。在《潘达雷昂上尉和劳军女郎》（1973）里，拉皮条的波费里奥·黄被人们叫作"伯利恒区的傅满洲"，他母亲编出了"华人天生是穷厮，老鸨小偷干到死"这种自虐的歌，波费里奥·黄一面唱一面自鸣得意地狂笑。中译者注道："本故事开始于上世纪50年代，当时的南美洲对华人有诸多偏见。"其实，偏见早在一个世纪前就开始了。从1849年起，秘鲁进口中国劳工，惨无人道地对待他们，直到1874年，进口约十万人；

此后至1900年,又进口五万人。他们在秘鲁处于社会最底层,当地人对他们怎会没偏见呢。加莱亚诺写道:"那些中国人被英国、葡萄牙和法国的人贩子从澳门和广东港口装船贩卖过来。每三个人里只有两个能活着抵达秘鲁。他们在卡亚俄港口被标价出售:利马的报纸称他们是'新进鲜货'。许多人被烙上烧红的铁印。修建铁路、棉花种植园、糖厂,开采鸟粪,种植咖啡需要许多奴隶劳动力。开采鸟粪的岛屿上,守卫们时刻不敢大意,因为一不小心,中国人就跳进海里自杀。"也就难怪,1879—1883年太平洋战争(硝石战争)期间,智利入侵秘鲁。"有许多中国人,在秘鲁的中国人,为智利战斗。他们是从大庄园逃逸的中国人,他们高唱感恩之歌进入利马城,感谢入侵将军帕特里西奥·林奇——红色大公,救世主。"但与此同时,"黑人们,直到不久前仍是奴隶或者依然被当作奴隶的黑人们,为积压许久的怨恨进行报复,挥舞棍棒和砍刀去杀中国人,而这些人也是奴隶"。(《火的记忆II:面孔与面具》,1984)

然而在略萨的作品里,也出现了一些比较正面的中国人形象。如在《城市与狗》(1963)里,开面包房的中国人笛楼,是少年"我"的好朋友,总是先来接待"我",跟"我"开善意的玩笑。在《酒吧长谈》(1969)里,"圣马丁大街那个华人铺子一直同意赊账,那个华人最善良了"。在《卑微的英雄》(2013)里,杂货铺老板老刘也是个好人,教会

了一个秘鲁人气功，只可惜一直没学会西班牙语，虽然他几乎什么都听得懂，所以跟那个秘鲁人算不上朋友，因为要建立友谊就必须互相理解。"这里的中国人可不少，他们经营着中餐馆、酒馆和商铺，有些人相当成功。"这都是马尔克斯作品里所没有的，与《五个街角》里外婆的故事相呼应。

在《坏女孩的恶作剧》（2006）附录的《略萨访谈：我想探讨一种脱离浪漫主义神话的爱情》中，略萨谈到自己对于死亡的态度时，讲述了一个关于苏格拉底临终的故事："有一个美妙的故事，我不知是在哪儿读到的，也许是柏拉图的书吧。那故事说，当把毒药拿给苏格拉底时，看到他正在学波斯语。'可是，为什么您还在学波斯语？'送毒药的人问他。他回答说：'因为我想学波斯语。啊！现在我要吃毒芹了吗？那好，我吃毒芹。'我认为这故事妙不可言。愿上帝让我被死神拉走时，我正在学汉语，也在出版我自己的书。"其中值得注意的是，苏格拉底临终前学的是波斯语，略萨想在临终前学的是汉语，二者都代表了遥远而又神秘的国度和文化。在为《坏女孩的恶作剧》中译本出版而致中国读者的信里，略萨这样提到中国在其心目中的形象："说真话，我从没想到我写的故事能到达如此遥远的地方，即从我儿时起似乎就构成我梦境中的一部分的国家，也是组成我心目中非现实景物部分的国家，如同我在许多历险故事中读到的奇异的、令人难以置信的国家一样。现在我知道了，中国是一个实实在在、

非常强大的国家。"这个遥远而又梦幻般的中国形象,也许可以成为他想在临终前学汉语的愿望的注脚,也成了他作品里与中国有关的描写的远山淡影。

其实略萨对中国也没有那么陌生,他与中国的因缘早在大学时代就已经开始了,最初是因为意识形态方面的原因。"我们谈的都是严肃的大事……在毛泽东领导的中国发生的巨大变化,一个法国作家——克洛德·鲁瓦——访问了中国并且写下许多奇迹,《开启中国的钥匙》就是我们每字每句都很相信的一本书。"(《水中鱼》)他自称在大学里读了马克思的《共产党宣言》和《法兰西内战》、恩格斯的《反杜林论》、列宁的《怎么办》等——这些书也是我在年轻时读过的。大学毕业后赴欧洲留学,他全身心投入到学习中。"只是到了60年代,我在欧洲时,我才认真努力攻读马克思、列宁、毛泽东和一些非正统的马克思主义者的著作,比如卢卡奇、葛兰西、吕西安·戈德曼,以及超正统派的阿尔都塞,这是在古巴革命热情的鼓舞下的行动,自1960年开始,古巴革命重新唤起了我对马列主义的兴趣。"(同上)——他的这些读书经历也让我感到亲切。

1989年10月,略萨在台北还见到了"杰出的女作家"三毛,他们的友谊始于他任国际笔会主席期间(1976—1980)。三毛曾写过一本《万水千山走遍》(1982),生动地描述了她的拉美之行,其中秘鲁是重头戏(《雨原》四篇),这想必

也会是他们交谈的话题之一。可惜一年多后三毛就自杀了，略萨也在大选中铩羽而归。

2011年，略萨带着诺奖光环访问了中国，受到了中国书迷们的热情追捧。在2019年10月29日的一次访谈中他说："我已经很久没有读中国作家的作品了。上次读中国文学还是在我的中国之旅途中，那是2011年的事了，对吗？我当时随身带了一些关于中国的书，基本都是短篇小说集。事实上在那之后我就再也没读过中国作家的作品了。实话说这让我感到有些惭愧，因为我知道肯定有许多中国作家写出了优秀的、独特的文学作品。"（《从马尔克斯到略萨：回溯"文学爆炸"》中文版附录）也就是说，除了2011年那次出访中国期间，他其实基本不读中国的文学作品。

（略萨《五个街角》，侯健译；《水中鱼》，赵德明译；《潘达雷昂上尉和劳军女郎》《城市与狗》《酒吧长谈》，孙家孟译；《卑微的英雄》，莫娅妮译；《坏女孩的恶作剧》，尹承东、杜雪峰译。加莱亚诺《火的记忆II：面孔与面具》，路燕萍译。埃斯特万、奎尼亚斯《从马尔克斯到略萨：回溯"文学爆炸"》，侯健译。）

2023年12月14日

"《中国古代酷刑》"

在《公羊的节日》(2000)中,暗杀多米尼加独裁者特鲁希略的行动获得成功,但下一步行动由于领导人的犹豫不决而错失良机,独裁者的走狗进行了疯狂残酷的报复,那些参加暗杀行动的成员大部分被捕,在接下来的几个月里遭受了各种酷刑,坐电椅、鞭笞、火烫、针刺耳朵和指甲……尤其令人发指的是用剪刀剪掉犯人的睾丸并让他吃掉(在巴别尔的小说《路》中也有类似残暴行径的描写),让犯人吃一锅炖肉直到吃饱后才告诉他这是他儿子的肉……以致有研究者指出:"在《公羊的节日》中,还有一些场景引发了读者的反感,我指的是酷刑折磨的场景。"对此略萨的回答是:"在多米尼加共和国,我记录了许多非常直接、生动的相关证词,和我对谈的都是些经历过酷刑折磨的人……在多米尼加共和国,酷刑已经成了一种科学,这都是乔尼·阿贝斯搞出来的……所有的独裁者身边都会有一个类似的角色,他们在暗处操纵着一切,组织镇压,使用暴力,利用酷刑和人的恐惧来维持政权。"(《普林斯顿文学课》,2017)他说他

已经做过了拣选,并未把全部酷刑都写出来。

乔尼·阿贝斯·加西亚,独裁者手下的情报部门头子,出现在略萨相隔近二十年的两部小说中,即《公羊的节日》和《艰辛时刻》(2019)。有意思的是,在介绍他擅长利用各种酷刑折磨犯人,他把酷刑发展成一门"科学"时,二书都提到他在酷刑上的师从竟然是一本关于中国酷刑的书。

"我不认识这个年轻人。我看到他全神贯注地边走边阅读,就产生了好奇心……您知道是什么书让他那样着迷吗?是一本关于中国酷刑的书,里面还有砍头和剥皮的图片呢!"(《公羊的节日》)这个好学的年轻人就是加西亚,那时他在独裁政权中还刚崭露头角。那本"关于中国酷刑的书",过了近二十年我们才知道书名,那就是《中国古代酷刑》:"我在墨西哥学习刑讯课程时,他们送过我一本书。你知道书名是什么吗?《中国古代酷刑》。中国人以经商才能和修建长城闻名于世,但他们也发明了酷刑。我跟你说所有人最后都会招供,就是因为想到了那本书……我向你保证,只要你读过我手里的那本书,看看里面记录的那些守口如瓶的豪杰最后是怎么招供的,你就会明白我的想法了。他们不仅会把知道的事情和盘托出,甚至会把不知道的事情也招出来……《中国古代酷刑》这本书让我着迷了很久。我反复阅读,做梦都会梦到里面的内容。我到现在还清楚地记得里面的插图是什么样子的。我甚至能把它们给你画出来。所以我跟你打

包票，要是你读过，肯定会相信这个世界上不存在能永远守口如瓶的英雄。"（《艰辛时刻》）这个"我"也是加西亚，此刻他受多米尼加独裁者派遣，秘密地潜入了危地马拉，组织了对其总统的暗杀。"为中国人干杯。""为酷刑干杯。"行动前他跟搭档这么祝酒。

作法者必自毙，加西亚自己的下场也很惨烈：在《公羊的节日》中是被乱枪打死，在《艰辛时刻》中是被乱棍打死，都是在隔壁的"人间王国"海地，都是与妻子及两个女儿一起。

在跨越近二十年的上述两部作品里，这本《中国古代酷刑》让人印象深刻。我由此第一次知道，原来酷刑是中国人发明的，在中国人发明之前没有酷刑，全世界都曾经文明地用刑——把人钉在十字架上算不算酷刑？当然这只是小说中人物的观点，不过似乎与博尔赫斯那个聪明而又残忍的中国间谍遥相呼应。

然而在帕尔马的《秘鲁传说》（1872—1918）中，我们分明读到了秘鲁其实是早就有酷刑的。在《圣阿古斯丁教堂的幽魂游行》那篇中，记载了1697年发生的一起冤案，无辜者否认与杀人有任何干系。"可是在那个时代，法庭有法庭的办法，只要一用这种办法，不管头脑多么简单的人也会变成精明的罪犯。科米尼托受了一刻钟的轮刑，骨头轧得吱吱作响，最后供认犯了罪，可是我们知道，他连做梦也没想到会犯这种罪行。肉刑是没有什么人有勇气抗拒得了的论据。"

结果无辜者被屈打成招,误当作杀人凶手处死了。1749年,印第安人密谋起义,被叛徒出卖,印第安首领俱遭逮捕,法官对犯人严刑逼供。"这种方法最为便当,连哑巴也会被折磨得说出话来。"结果六名首领被绞死和分尸,人头用铁钩挂在大桥顶上、利马城门上。至于那个叛徒,被起义者抓住后,绑在一根木桩上,割下舌头喂狗吃了,恐怖地挣扎了一个小时,才终于断了气。(《惩罚叛徒》)1781年,印第安人又一次起义,又一次遭到镇压。"印加王及其主要臣属被俘,对他们施行了最野蛮的暴刑,割舌断手、五马分尸、绞杀杖毙……无所不用其极。"(《廷塔州郡守》)我很好奇,"骨头轧得吱吱作响"的"轮刑",还有那些割舌、断手等等,是否也都来自《中国古代酷刑》?

在阿根廷也是这样,科塔萨尔的证言是:"拉努塞的独裁政权开始使用系统而科学——说出这两个词是多么困难——的方式来实施恐吓与镇压,对阿根廷的政治犯实施酷刑,这引发了国际社会的第一次大规模调查。我们都非常清楚,酷刑是人类历史上的古老制度,但在阿根廷,这一贯只是种非常偶尔才会使用的方法,而且常常是不正当的滥用,从来没有像在70年代那样被系统化、法制化地实行。当时出现了第一批刑讯专家,他们不仅在阿根廷,还在其他诸如巴拿马和美国等国家受训,之后他们被分派到好几个拉美国家,尤其是我的国家;几年后,他们在拉普拉塔河的对岸——也

就是乌拉圭——永久地定居下来……酷刑的幸存者、亲历者或实施过酷刑的人，还有那些亲眼见证自己的亲人和同伴受刑的人来到了法庭上，向国际审判团提交了自己的证言。"（《文学课》，2013）贝内德蒂提到，在乌拉圭军事独裁时期，当局对政治犯使用了电击睾丸和"潜水艇"等酷刑（《破角的春天》，1982）。加莱亚诺则提及："七十五种酷刑方法，有些是照搬过来的，有些则是极具创造力的乌拉圭军人发明的。"（《火的记忆 III：风的世纪》，1986）。科塔萨尔的《曼努埃尔之书》（1973）后有个附录，一共四页，每页被分成了两栏：一栏记录了阿根廷政治犯的证词，他们从 1970 年开始饱受最可怕的酷刑折磨；另一栏摘录了一个美国记者写的一本书里的片段，他采访了从越南战场归来的美军官兵，他们向他供述了对越南囚犯实施的骇人听闻的酷刑。（《文学课》）我同样好奇，那些在各国受训的刑罚专家，那些在阿根廷、乌拉圭实施酷刑的人，那些用酷刑折磨越南人的人，是否也都读过《中国古代酷刑》？

与这本奇书的影响相比，可能还是加莱亚诺的说法更符合实际："为什么不认可拉丁美洲在发展恐怖技术方面做出的创新贡献呢？在我们的土地上，掌权者支持大学针对酷刑手段、谋杀人类和思想的技术、培育沉默、繁殖无能、播种恐惧等方面的进步开展研究。""那时候我没想过酷刑也会成为一种国家习惯。十五年前，我还不知道，我自己国家的

监狱和牢房将来会因为过度用电（毅平按：指对犯人使用电刑）而停电。"（《爱与战争的日日夜夜》，1978）在这方面，美国人或许是他们的老师。"刑讯与其说是一门技术，不如说是一门艺术，用精确的方式，在精确的部位施以精确的疼痛。"一个美国教官这样给乌拉圭警察授课。"他用街上抓来的叫花子和妓女做教学实验。他向学生展示不同电压的电流作用于人体最脆弱的部位产生的效果，教授学生如何有效运用催吐剂和其他化学品。最近几个月里，有三个男人、一个女人死在他刑讯技巧课的课堂上。"（《火的记忆 III：风的世纪》）——加西亚在墨西哥学习所谓"刑讯课程"，教官大概也来自美国，学校则类似于美国设在巴拿马的"美洲学校"吧？这不禁让人联想起了重庆白公馆、渣滓洞的"中美特种技术合作所"。

（略萨《公羊的节日》，赵德明译；《普林斯顿文学课》《艰辛时刻》，侯健译。帕尔马《秘鲁传说》，白凤森译。科塔萨尔《文学课》，林叶青译。贝内德蒂《破角的春天》，欧阳石晓译。加莱亚诺《火的记忆 III：风的世纪》，路燕萍等译；《爱与战争的日日夜夜》，汪天艾译。）

2023 年 12 月 17 日

"我不喜欢"

一

略萨曾经如此服膺马尔克斯的《百年孤独》(1967),不惜为它耗费大量的时间和精力,在波多黎各、伦敦、华盛顿、巴塞罗那等地各大学讲授关于它的课程,然后花费两年时间,用备课笔记写成了博士论文《弑神者的历史》(1971),以此申请马德里大学的文学博士学位,成为同时代作家致敬《百年孤独》的一部名作。一个意大利文学评论家觉得不可思议:"在意大利,一个像略萨这样的作家,写一本关于另一个像马尔克斯这样的作家的书,是不可能的。"(《"文学爆炸"亲历记》,1972)——其实也并没有那么不可思议,因为对博士生略萨而非作家略萨来说,一样要研究一个作家,完成一篇博士论文,比起其他什么作家、其他什么作品来,还真不如研究马尔克斯,写写《百年孤独》。塞尔卡斯的类似经历可为旁证:"贡萨洛·苏亚雷斯,作为语文学者的我需要通过阅读他的作品来写博士论文,而作为作家的我则通过对

他的阅读来解决寻找个人写作风格的迫切需求，毕竟他算得上是西班牙第一个后现代主义作家。"（《萨拉米斯的士兵》2015版后记）

但对于马尔克斯的《族长的秋天》（1975），在2017年7月6日的一次访谈中，略萨却坦率地做出了酷评："我不喜欢。可能这么说有点夸张，但我觉得那本书就像是马尔克斯的一幅夸张肖像画，就好像他在临摹自己。我觉得书里的那个人物一点也不可信。虽然《百年孤独》中的人物也做了许多不可能的事情，马尔克斯描绘他们时同样没有克制，但他们始终是可信的，这部小说能在夸张的基础上让人物显得可信。相反，在我看来，《族长的秋天》里的独裁者像个漫画人物，像是马尔克斯的夸张肖像画。此外，我觉得它的语言风格并没有起到什么作用，他想在小说里使用一种和之前不同的语言风格，但是没有成功。那种行文风格并没有为他的讲述提高真实度和说服力。在他所有的作品中，我认为那是写得最糟糕的一部。"（《两种孤独》，2021）

在1967年9月5日与略萨的对谈中，马尔克斯介绍了他即将写的下一本书，也就是八年后出版的《族长的秋天》，坦承族长的形象中有他个人经历的投影，因为声名的孤独酷似权力的孤独："我无法写出脱离我个人经历的故事。现在我恰好准备虚构一个独裁者的故事，从背景环境可以判断那是个拉丁美洲独裁者……有趣的是，哪怕这样一个故事也是

建立在我个人经历的基础之上。也就是说,将个人经历进行文学加工的方法帮助我表达我想在这本书里表现的东西,即权力那巨大的孤独感。"(《两种孤独》)后来,当老友门多萨问他:"你还说过,你在这本书(《族长的秋天》)里进行了自我忏悔,全书无处不闪烁着你个人的体验。你甚至还说过,这本书是一部用密码写就的自传。"他也重申了这一点:"是的,它确实是一本忏悔录。"(《番石榴飘香》,1982)略萨的感觉与马尔克斯的自述相符。

但即便如此,略萨做出如此酷评还是不免让人大吃一惊,因为《族长的秋天》长期以来被普遍认为是刻画拉美独裁者的杰作,其多人称独白的叙事手法也被马尔克斯自诩为对福克纳的超越。不过仔细想想,在《酒吧长谈》《公羊的节日》《五个街角》《艰辛时刻》等作品里,略萨也曾入木三分地刻画过许多拉美独裁者及其爪牙,所以他也的确有资格做出自己的评判。

然而这对马尔克斯还是有点不公平,因为他在该访谈的三年前去世了,再也没有机会表达自己的观点、为自己辩护了。不清楚他是否也曾酷评过略萨的某部作品,或许我们可以代他表达一下他的"我不喜欢"?

二

略萨年轻时不满前辈拉美作家的小说技巧陈旧:"这些作家似乎还不了解结构故事的最基本的技巧,而是从观点的连贯性出发:作者总是卷入到故事里面去,甚至在设想自己是无形的时候,作者还要发表意见。""从写作技巧上看,特别是从结构故事的角度看,这些小说是太老了(不是古老,而是陈旧)……对所有我采访的长短篇小说家,我都询问有关叙事形式和对技巧的关心程度,可他们的回答因为都蔑视那些'形式主义',所以让我感到泄气。"(《水中鱼》,1993)略萨则专注于叙事结构的各种创新,以至被称为拉丁美洲"文学爆炸"中的"建筑师"。他自认主要的文学师承是福克纳(从海明威、帕索斯、科塔萨尔那儿他也学了不少):"福克纳是我手持纸笔学习的第一位作家,为的是不迷失在他那时间和视角变化及家谱的迷宫里,也为了琢磨他每一个故事组成的巴洛克建筑的秘密,还为了琢磨那蜿蜒曲折的语言、时序的错位,这种形式赋予每个故事的神秘性、深刻性、忐忑不安的模糊性和心理的敏锐性……在阅读《圣殿》《我弥留之际》……的过程中发现了叙事形式的可塑性以及如果能像这位美国小说家那样娴熟地使用虚构技巧会产生怎样的奇迹。如同萨特一样,福克纳是我在圣马可读书期间最为钦佩的作家。""那个时期,福克纳的作品让我感到眼花缭乱,

我被他的小说技巧给迷住了,他的作品凡是能够弄到手的,我都用一种诊断的眼光去阅读,去观察作者的视角如何转换、如何组织时间、叙述者的作用是否连贯、技巧上不连贯或者笨拙之处——例如,形容词修饰过多——是否破坏(阻挠)真实性。"(同上)——同样师承福克纳,马尔克斯师承的主要是其加勒比风格,而略萨师承的则主要是其叙事技巧。

但说实话,略萨在叙事结构上的创新虽然硕果累累,却也难免有用力过猛、玩得过火的地方,而一般读者或研究者震于其大名,往往很难对之表示不同意见。比如被认为是其最具创作野心(从而也最具实验性质)的《酒吧长谈》(1969),其中的对话编织技巧,即把几组不同人物在不同时空的对话像编辫子般地一句隔一句编织在一起,就让人不敢苟同。如第一部第七、九章都是三组对话并进。前者写了安布罗修与其父特里福尔修见面,卡约擅权,卡约爪牙审讯犯人,最后以安布罗修结识卡约爪牙,在卡约处找到饭碗合拢;后者写了选举闹剧及特里福尔修的起哄,老萨与议员们及卡约的谈话,卡约爪牙把特立尼达拷打致死。传统的写法自然是话分三头,分别写三组对话,最后合拢;作者的写法则是像编辫子一样,一句隔一句交替写三组对话,中间还穿插了安布罗修与老萨、小萨父子的对话等。我嫌读起来实在支离破碎累得慌,便试着把三组对话标上 ABC 分别读,读完一组再读一组,感觉读起来顺畅舒服多了,而且似乎也没有损失什么。

那我就不明白了，作者这么编织三组对话，到底又有什么意义呢？真的增加了什么东西，还是纯粹的技巧游戏？略萨自称是为了节省篇幅，否则如果按时间顺序写下来，可能就不是写一本书的事了，而是得把它写成一套书。但仅仅节省篇幅就可以成为理由吗？让读者花费大量时间和精力又怎么说呢？多线并进、多重视角、多人称独白等，可以让读者看到复数的线索，了解不同人物的不同观点；可这种单纯的对话编织技巧，好像是要让读者做拼图游戏，到底又给小说带来了什么呢？作者推崇的科塔萨尔，在《科拉小姐》（收入《万火归一》，1966）中，也无缝切换叙述主体，但因为遵循时间脉络，只是转换了叙述者，故事仍是流畅合理的，读来全不觉得突兀，《酒吧长谈》似未达一间。

不仅对话是这样，一般场景也是如此。如第一部第二章里，写小萨和波佩耶乘小萨父母出门，试图迷奸小萨家女佣阿玛莉娅，却被突然回家的小萨父母打断，导致阿玛莉娅被小萨父母辞退。过了一段时间，心怀歉疚的小萨带着五镑钱，约波佩耶一起去看望阿玛莉娅。就这么简单的两个场景，正叙倒叙插叙都可以，作者却故意淆乱时空，把两个场景夹杂着写，弄得读者一头雾水，不得不花费许多精力，去重新组织先后顺序。作者如此做的理由是："如果把所有这些场景拆分开来按照时间顺序去写，那这段只占两页纸的对话就得扩展到二三十页。而我人为地把这些场景拆分、重组，却

没有让人觉得不可信：读者完全可以凭借自己的经验洞察内情……一部小说如果试图把所有东西都写出来，势必将陷入无休止的纷杂状态之中。"（《普林斯顿文学课》，2017）作者人为地把两个场景拆分、重组，固然没有让读者觉得不可信，读者也完全可以凭借自己的经验洞察内情，却不免会觉得作者此举纯属多余，浪费了读者的宝贵时间和精力。我试了一下，即使按时间顺序重组两个场景，篇幅也不会比原来的多多少，根本无须扩展到二三十页，也不会陷入无休止的纷杂状态。也就是说，作者故意淆乱时空，没有丝毫预兆提醒，除了给读者设下圈套，除了让读者感到茫然，并没有带来任何益处，感觉只是在故弄玄虚。科塔萨尔在《万火归一》（收入同名小说集）中，也轮换着写两个故事，发生在不同的时空，但人物关系相似，最后殊途同归，切题"万火归一"，读来并不觉得突兀费解，而有一加一大于二之效。

不仅如此，在小萨、波佩耶与阿玛莉娅的纠葛中，还断续插入了小萨与安布罗修间的"支柱"对话："我问你一个问题，我是一副倒霉相吗？""您说到哪儿去了。您当然不是一副倒霉相，少爷……我发誓，您没有倒霉相，少爷。您不是拿我开心吧？""也就是说，倒霉的人不一定有倒霉相，安布罗修。"在这部小说的许多地方，小萨与安布罗修"支柱"对话的插入，与正在叙述的故事有所联系，所以还不怎么显得牵强附会，可是这里插入的这几句对话，与正在叙述的故

事毫无关系,难道仅仅是为插入而插入,以显示"支柱"对话的存在?而另一段老萨对安布罗修说的话:"你这么干是为了我?是为了我,黑家伙?无赖,你简直发疯了!"又为何不插在别的地方,而一定要插在这里呢?其逻辑上的充要性何在?作者后来解释说:"安布罗修为堂费尔民做了什么?其实是黑人安布罗修出于对主人的忠诚、尊敬和爱而犯下的罪行,读者们要到了后面才能读到那个事件。这是在这个场景中提到那次犯罪的唯一一句话。"(《普林斯顿文学课》)——既然读者要到了后面才能读到那个事件,那在这里没头没脑地来这么一句又有何必要呢?而以上两组时空不同的对话之所以散插在这里,作者后来解释说,是因为"出场人物是有交集的:安布罗修参与了两段对话"(同上)——但这又算是哪门子的理由呢?

可能由于这种纯粹炫技的实验,难怪略萨写作此书也倍感辛苦,自称这是写得最艰难的一部作品:"在我所有的小说里,《酒吧长谈》可能是我下功夫最多的。"(同上)"我从没在其他任何一部小说上花费过如此多的功夫。所以,如果从大火中仅能抢救出我的一部作品,我会选这一部。"(2010年西班牙语版序)但他在叙事结构的实验上似乎有点矫枉过正,其效果或许正如他后来自己所批评的那样:"作者为创造叙述者并且赋予叙述者某些特征所拥有的无限自由,不是也不可能是随心所欲的,必须根据小说讲述故事的说服力加

以证明。视角的变化……也有可能使故事窒息而死或者破坏故事的统一性，假如这些技术性的炫耀、这种情况下的技术性不让生活体会——生活的理想——在故事里生根发芽，那就会变成不连贯性或者破坏故事的可信性，在读者面前暴露了作品纯粹技巧性的一堆廉价和矫揉造作的乱麻。""至于（空间变化）有用还是有害，只能看结果如何，看这样的变化对作品的说服力所产生的后果，看是加强了说服力呢还是有所破坏……假如这些空间变化无效，结果可能产生混乱：面对这些叙述视角突然而随心所欲的跳跃，读者会感到迷惑。"（《给青年小说家的信》，1997）——仅就《酒吧长谈》而言，完全可以把上述这些话看成他的自知之明、夫子自道。"我也一直在避免过于突兀的时空跳跃，因为这会使得故事的连贯性被打乱，而读者的注意力可能会被分散。"（《普林斯顿文学课》）——不得不说作者在这方面做得还很不够。

经此实验性一役之后，略萨可能也有所觉悟，接下来在《潘达雷昂上尉和劳军女郎》（1973）的第一、五、八、十章里，作者虽仍继续采用不同人物在不同时空的对话编织技巧，但显然比《酒吧长谈》有了长足的进步，不再是机械地一句隔一句地编辫子，而是根据实际需要长长短短，各种衔接和过渡也更为自然，由此可读性也增强了许多。作者自己可能也感觉到了这一进步："我以前写作时总是大汗淋漓，这次却不同，我写起来很顺利，而且很开心。"（1999年《再版前言》）

在这两部小说之后,尤其是略萨后期的一些小说,开始向传统的叙事结构回归,很少再用过于复杂的对话编织技巧,给人以返璞归真的感觉。比如,《公羊的节日》(2000)三线并进,两条线发生在同一天里;《凯尔特人之梦》(2010)、《卑微的英雄》(2013)皆双线并进,最后合拢。三书都没有采用对话编织技巧。《坏女孩的恶作剧》(2006)移步换景,完全遵守时间脉络,也没有采用对话编织技巧。《五个街角》(2016)总体结构依照时间顺序,只有第二十章编织了近十组对话,但还是能够做到层次分明,不致让读者摸不着头脑。《艰辛时刻》(2019)虽多线并进,打乱时空,但以某一天为圆心,组织得复杂而合理,仅有的一处对话编织(第七节),以同一人物为枢纽,在现在的对话中插入过去的对话,脉络清晰,结构简洁。所有这些适度的叙事技巧的进步,应该都是吸取了《酒吧长谈》的教训吧。

回顾马尔克斯的"魔幻写作",也是经《百年孤独》的大获成功,到《族长的秋天》的登峰造极,而开始返璞归真、静水深流的。

三

略萨创作《酒吧长谈》的时代,以乔伊斯的《尤利西斯》为嚆矢,是一个全世界都在玩结构、玩技巧的时代,意识流、

新小说、结构现实主义……一波未平一波又起。作为一个打破传统的年轻作家,也由于追求完美主义的个性,略萨当时也未能免俗,放在那个大时代里看,似乎也是可以理解的。"从文化的观点看,由于一代名人(莫里亚克、加缪、萨特、阿隆、梅洛-庞蒂、马尔罗)纷纷逝去,那些年间出现了一定程度的文化萎缩。思想大师们不是成为创作者,而是学着福柯和罗兰·巴特去做评论家,首先是结构主义者,然后是吉尔·德雷兹和德里达型的解构主义者。这些人过分高雅的修辞只为少数人所懂,他们将自己封闭在他们的崇拜者的小圈子里,远离广大公众。由于这样的演变,他们的文化生活越来越平淡无味。"(《坏女孩的恶作剧》)略萨如此批评那个年代的结构主义和解构主义热时,可能并未意识到其实自己也正参与其中,尽管不是从理论上而是从创作实践上参与的。

略萨对《酒吧长谈》的读者提出了很高的要求:"我希望读者能把每个角色摆在他们该在的位置上,进而在脑海中逐渐拼凑出完整的故事,就像做大型拼图游戏那样……小说中的时间以及将各个人物所经历的不同时间糅合到一起的方式,是我有意为之的结构布局,这种结构是文学性的,而非现实性的……使用这种技巧确实会提高阅读的难度,因为它要求读者参与其中。它不适合消极的读者,只适合积极的读者,也就是那种有能力把零散的情节逐渐拼凑起来的读者。"(《普林斯顿文学课》)虽然我自认还算是个积极的读者,但还是

认为这种拼凑工作由作者来做更合适，而不宜一味地推给读者来做。同时我还认为，读者可以理解作者所做的种种艰苦实验，却不一定非要对他实验的结果照单全收。略萨对《族长的秋天》的酷评提供了一个榜样，我们也该用表达真实感受来呼应他的坦率。仅就《酒吧长谈》中过于眼花缭乱的叙事技巧及其导致的某种杂乱效果来看，我也很想不客气地鹦鹉学舌几句："那种行文风格并没有为他的讲述提高真实度和说服力。在他所有的作品中，我认为那是写得最糟糕的一部。"——仅就叙事技巧而言，内容还是挺精彩的。

（多诺索《"文学爆炸"亲历记》，段若川译。塞尔卡斯《萨拉米斯的士兵》，侯健译。马尔克斯、略萨《两种孤独》，侯健译。马尔克斯、门多萨《番石榴飘香》，林一安译。略萨《水中鱼》《给青年小说家的信》，赵德明译；《酒吧长谈》《潘达雷昂上尉和劳军女郎》，孙家孟译；《普林斯顿文学课》，侯健译；《坏女孩的恶作剧》，尹承东、杜雪峰译。科塔萨尔《万火归一》，陶玉平译。）

2023年12月20日

《洛丽塔》的厄运

一个十三岁的女孩,名叫萨丽达,由她父母带着,到警局来报案,说她被人强奸了。案件移送到了法院,法官传讯受害人。萨丽达的出现,使法官办公室的气氛变了样,连见多识广的法官也暗想,眼前真是个别具一格的标本。萨丽达是个女孩吗?从年龄、身材上判断,这是毋庸置疑的;可是看她那灵活的动作、站立的姿势、时而分开的双腿、时而扭动的腰身、时而耸动的肩膀、时而叉腰的双手,特别是她那看人时毫无顾忌的眼睛、用牙齿咬住下唇的神态,又分明是个饱经风霜、阅历丰富的女人。法官极其谨慎地问那些棘手的问题,生怕伤害了女孩的心理和感情。萨丽达却回答得十分爽快,还伴之以各种露骨的动作:那个人总想摸摸这个地方,她说着,用双手在自己柔软的胸脯上亲热地抚摸起来;他还摸这个地方,她说着,双手又落到膝盖上,然后逐渐向上滑去,弄皱了裙子,一直摸到大腿根;他还捏这个地方,她说着转过身去,向法官撅起屁股……法官让她叙述下被强奸的经过,特别强调无须赘述细枝末节。她刚听罢法官的提

示,就像一只闻到血腥味的斗鸡,立刻激动万分,脱口说出一篇淫秽的独白,外加说明精子运动的表演:他这样用匕首威胁她,这样扑向她,把她这样推倒在地,这样趴到她身上,这样掀起她的裙子……法官脸色苍白,连声怒吼"够了"。"站起来!整理好裙子,回到你父母那儿去!"女孩瞬间恢复了常态,重新变成了一个小姑娘,并且明显地露出了愧色,低着头鞠着躬走了出去。

"咱们看了一出非同寻常的演出。这个女孩的血液里有个魔鬼在捣乱,糟糕的是她自己可能还不知道。"法官对书记员说。

"博士,美国人把这种人称为洛丽塔,对吗?"书记员企图增长些见识。

"毫无疑问,是个典型的洛丽塔。"法官语气肯定地说,"我们至少可以感到欣慰,并非只有北方巨人才有这项专利权。我们这位本地姑娘可以与任何一个外国的洛丽塔决一雌雄。"

"看上去似乎是她把那个工人弄得神魂颠倒,结果就把她强奸了。但听完她的讲话,看完她的表演,人们会发誓说,是她把他奸污了。"书记员走了题。

……

这是略萨《胡莉娅姨妈和作家》(1977)里的一个故事,"萨丽达"之名大概也是对"洛丽塔"的戏仿。

《洛丽塔》(1955)是纳博科夫的幸运星,它的畅销

给他带来了巨额版税，保证了他晚年生活的富裕无忧。但它的畅销也导致了它的厄运，因为到处都把洛丽塔看成"可怕的小妖精"，甚至有评论家认为小说的主题"不是一个狡猾成人导致的一个天真儿童的堕落，而是一个堕落的儿童对一个软弱的成人的剥削"（《纳博科夫传：美国时期》，1991）。纳氏夫人薇拉奋起为洛丽塔辩护，称她本质上是一个好女孩，是一个毫无防备的小姑娘，她的不幸命运值得人们同情（参见拙稿《洛丽塔与拉拉》，收入拙著《中西草》）。纳博科夫曾告诉一个采访者，他写《洛丽塔》结尾那一幕时，像福楼拜写到爱玛之死一样，禁不住悲从中来，泪流满面。薇拉立刻插话，一如既往地呼吁读者关注洛丽塔的人性："她夜夜哭泣，但批评家却充耳不闻。"（《薇拉：符拉基米尔·纳博科夫夫人》，1999，2000）在略萨讲的上述这个故事里，法官和他的书记员的奇葩对话，说明到处都不缺少愚蠢的读者，完全忽视了作者对人物的同情，是《洛丽塔》厄运的又一个例证了。

到处都不缺少对作者同情心的忽视，马尔克斯的《百年孤独》（1967）是另一个例子。门多萨曾问过马尔克斯："这部小说的某些重要特点一定会被评论家们所忽视。你看，哪些特点会被他们忽视？"马尔克斯的回答一如薇拉："他们忽视了这部作品极其明显的价值，即作者对其笔下所有不幸的人物的深切同情。"（《番石榴飘香》，1982）

中国的评论家对《金瓶梅》也说过几乎同样的话。东吴弄珠客《金瓶梅序》（1617）云："余尝曰：读《金瓶梅》而生怜悯心者，菩萨也；生畏惧心者，君子也；生欢喜心者，小人也；生效法心者，乃禽兽耳。"所谓"生怜悯心"，也就是马尔克斯要求的不要忽视作者对其笔下所有不幸的人物的深切同情，或是薇拉呼吁的要听得到洛丽塔的夜夜哭泣声。

可惜世上菩萨、君子少而小人、禽兽多，像《胡莉娅姨妈和作家》里的法官和书记员，就完全听不到洛丽塔的夜夜哭泣声，忽视了作者对其笔下人物的同情心。

这也是世上许多杰作的厄运吧。

（略萨《胡莉娅姨妈和作家》，赵德明等译。布赖恩·博伊德《纳博科夫传：美国时期》，刘佳林译。史黛西·希芙《薇拉：符拉基米尔·纳博科夫夫人》，李小均译。马尔克斯、门多萨《番石榴飘香》，林一安译。）

2023 年 12 月 30 日

廉价知识分子与逆向种族偏见

一

米沃什曾痛斥西方知识界与帝国的共谋关系（参见拙稿《君子远庖厨》，收入拙著《中西草》），略萨则痛斥了秘鲁"廉价知识分子"的言行不一、口是心非，拿思想和语言作为向上爬的阶梯，下作地生活在双重人格和道德分裂中，用私下的行动戳穿了自己信誓旦旦地在文章里或公开场合提倡的一切，也戳穿了关于第三世界的当代神话之一，与米沃什所指出的现象正好形成了"互文"：

"他们在宣言中、文章里、课堂和会议上个个都是反对帝国主义的好汉，读读他们写的东西，你准会以为他们早就成为仇恨美国的使徒了。但是，几乎他们每个人都申请过、接受过、确确实实地吃过美国各种基金会的奖学金、赞助、旅行支票、佣金和特殊的有价证券，都在'魔鬼的内脏'里（古巴诗人何塞·马蒂的说法），在古根海姆基金会、辛格基金会、梅龙基金会、洛克菲勒基金会以及其他等等基金会的供养下，

度过一个又一个学期,一个又一个学年。他们都疯狂地四处奔走,而其中不少人的确成功地钻进美国的大学里当上了教师,而在此之前,他们教导自己的学生、弟子和读者要憎恨这个美国,因为秘鲁的全部灾难都应由这个国家负责。如何解释这类知识分子的人格分裂?为什么这么多人都急急忙忙跑向这个依靠神经错乱整日谴责过活的国家?而这些人恰恰通过谴责美国完成了自己的学业,捞到了社会学家、文学批评家、政治学家、人种学家、人类学家、经济学家、考古学家、诗人、记者和小说家的小小名气……这种人的例子,我可以举出一百个,都是这种行为的变种:装出一副为公众服务的人格,装出以事业为重的思想、信念和价值观,与此同时却用私下的行为快乐地戳穿这些假面。这样假装的结果,对于知识分子的生命来说,就是说话贬值,就是空洞的标语口号、夸夸其谈的胜利,就是思想和创造性成了陈词滥调。"

"关于第三世界的当代神话之一是:在这些往往深受腐败、专制、独裁奴役的国家里,知识分子代表着一块道德精神的净土,虽然面对统治者的残暴无所作为,却是一种希望,是事情开始变化时可以发掘思想、价值观以及推动自由与正义向前发展所需人才的源泉。实际上并非如此。秘鲁就是证明,特别证明了知识分子的软弱性和轻而易举地就会贪污受贿、厚颜无耻和野心勃勃,因为他们长期缺乏发展的机会,缺乏安全感,缺乏劳动手段,而需要产生实际影响时又无能为力。"

(《水中鱼》,1993)

略萨所指出的现象,其实不仅存在于秘鲁知识界,也存在于整个第三世界知识界;不限于秘鲁知识界跟美国的关系,也可能是他国知识界跟其他国家的关系,只要这种关系构成了权力与扭曲。权力与扭曲其实永远是双向的,既会有西方知识界的"君子远庖厨",也会有第三世界知识界的"口是心非"。

由于身处于第三世界,所以略萨能看清这点。就此意义而言,可说他颇得萨特的真传,无愧于"小萨特"这个绰号。1968年,略萨接受华盛顿州立大学的邀约,去讲马尔克斯的作品和拉美小说,为此受到了左翼的批评,批评者中包括科塔萨尔,但略萨至少没有口是心非。

在阅读加莱亚诺风行一时的《拉丁美洲被切开的血管》(1971)这类尖锐批判新老殖民主义、帝国主义的作品时,关注一下略萨对于秘鲁乃至整个第三世界的"廉价知识分子"的上述批评,不仅可以补充加莱亚诺书中欠缺的方面,也不失为一种保持平衡阅读的有效方法。当拉丁美洲的各种利权被廉价出让给西方、北方的跨国公司时,其中一部分又以各种基金会的奖助的形式返还给了拉丁美洲,用以收买各种"廉价知识分子"为其服务,这也是某种形式的利益瓜分的闭环吧,正印证了加莱亚诺的话:"对任何财富至少要怀疑其来历。"

二

当前世界的种族矛盾异常尖锐,尤其是在社会不平等严重的国家,各种各样的种族问题如一团乱麻,剪不断理还乱,简单地看问题很容易陷入误区,尤其是受"政治正确"的教条束缚,比较容易忽略逆向的种族偏见。在参与秘鲁总统选举期间,略萨深受种族问题的困扰,注意到了种族问题的复杂性,尤其是逆向种族偏见的存在。

"当人们谈及种族偏见和社会偏见的时候,总以为这两种偏见是自上而下的;在白人歧视混血种人、印第安人和黑人的同时,也存在着混血种人对白人、印第安人和黑人的仇恨;而白人、印第安人和黑人也对其他人种怀有情绪、冲动和狂热,按照一种甚至不能称为伪善(因为从来没有流露、表现出来)的程序,这种情绪、冲动和狂热隐蔽在政治、意识形态、职业、文化和个人的角逐后面。这往往是无意识的,产生于一个非理性、隐蔽的'我',是由母乳哺育的,自从秘鲁人第一声啼哭和牙牙学语起,就开始成形。"

"一说起种族偏见,人们立刻会想到处于特权地位的人对于被压迫、被剥削阶层的歧视,具体到秘鲁,就是白人对印第安人、黑人和其他混血种人(印欧、黑白混血)的歧视……这少数白人以及由于金钱和地位的高升而变成的白人,从来不掩饰他们对另一种肤色和文化的秘鲁人的歧视,甚至连他

们口头常说的'印第安人''土人''黑人''混血人''华人'都有轻蔑的含意。虽然没有见诸文字,也不受到法律保护,这些塔尖上的白人总是对其他秘鲁人抱有这种不言而喻的歧视态度,以至于有时会闹出乱子来……"

"与上述感情和情结平行和对应存在的是其他种族和社会阶层对白人的偏见与仇恨:在有色人种内部,对乡土的忠诚又使得他们分别产生了对其他种族的歧视,并与偏见和仇恨混杂在一起。可以毫不夸张地说,如果剥去秘鲁社会的外衣,对那深深影响着几乎我们每一个居民(古国居民)的形式做一个深层透视的话,那么暴露出来的是一大锅仇恨、不满和偏见。其中白人歧视印第安人和黑人,印第安人蔑视黑人和白人,黑人傲视白人和印第安人;每个秘鲁人从各自的社会、民族、种族和经济地位的小小天地里,歧视他认为比他低下的人,同时又忌恨在他之上的人,以便稳固自己所处的地位。这一情况,在拉丁美洲不同民族与文化的所有国家里几乎相似,但秘鲁格外严重……"(《水中鱼》)

略萨之所以尤为痛切地注意到这一问题,与他的竞争对手藤森的选举策略有关。也是在1990年的那次总统竞选中,藤森采用具有种族色彩的竞选策略,暗示他这个日裔黄种人比略萨这个土生白种人(秘鲁人传统上总是把白种人与权贵和剥削者联系在一起)更接近华人、印第安人、印欧混血人和黑人。他接过略萨"秘鲁的经济应该向太平洋开放"的主

张，对选民说："我赞成略萨博士关于日本的说法，但是，你们不认为一个日本人的后代会比他在这一政策中取得更大的成绩吗？"（同上）他还一再暗示选民，如果他当选总统，捐赠和贷款会从日本源源不断飞向秘鲁。

当然，略萨阵营这边也不是省油的灯，略萨经常听到他们说，由于藤森是日本人的后裔，他在秘鲁土地上没有根基，他母亲还是外国籍，至今没有学会西班牙语，因此不像略萨那样是个地道的秘鲁人，世世代代生活在秘鲁。他们确信，秘鲁人民不会选举一个先人全都葬在日本、没有先人葬在秘鲁的实际上的外国人当秘鲁总统——"只要没有死人埋在地下，你就不属于这个地方。"（《百年孤独》）。略萨自己有时也说藤森"是个地地道道的日本人，甚至连他那有缺陷的西班牙语发音都是日式的"（《水中鱼》）。

种族问题在那场选举中可耻地占据了中心地位，而略萨这个白人候选人因此在混战中败下阵来，这也让他切身体会到了种族问题的全部复杂性，尤其是注意到了逆向种族偏见辅车相依般的存在。

（略萨《水中鱼》，赵德明译。加莱亚诺《拉丁美洲被切开的血管》，王玫等译。马尔克斯《百年孤独》，范晔译。）

2024年1月2日

"勇敢的小萨特"
——拟略萨致萨特书

亲爱的萨特:

在我还是中学生的时候,大约是十六岁,就参加了《纪事报》的工作。我的一个同事,比我大五六岁,是我的文学引路人,通过他的帮助,我了解了一些作家和作品,他们用火焰点亮了我的青春。一天下午,他送给我一本您的小说集,题为《墙》,从这本书开始,我就跟您的作品和思想建立起了一种对我的爱好产生决定性影响的关系。

我在圣马可大学读书期间,您是我最为崇拜的作家之一,您对我这一代人的影响极大。当时我是您的狂热读者,几乎认同您的一切观点,无论是政治的还是美学的。当我阅读您的《什么是文学》时,我被您的思想深深吸引住了。对于我这么一个文学青年来说,出生在秘鲁这种不发达国家,您的思想实在是太令人震撼了。我对您及有关介入文学的主张非常钦佩,认为那是存在主义思想的最伟大之处,因为您告诉我们,文学并非单纯是用来取乐的,它还是读者理解现实的利器,写小说等于是在用善抵抗恶。我总是向朋友们炫耀自

己对于您和介入文学的热情，引得更偏爱博尔赫斯、加缪的朋友们像鳄鱼那样打哈欠。正是那些朋友寻我开心，给我起了一个绰号——"勇敢的小萨特"。通过我们《南方》杂志的一篇纪实文章，我得知了您和加缪那场发生在1952年夏天的关于苏联是否存在集中营的著名论战。又过了一两年，借助词典的帮助和我的法语老师索拉尔夫人的耐心指点，我才能读完那场论战的内容，这对我具有不同寻常的意义。1954年，我脱离了大学里的卡魏德组织，意识形态的分歧也起着作用，尤其来源于您和《现代》杂志的影响。

1957年，我参加了巴黎《法兰西》杂志组织的一次短篇小说比赛并获奖，奖品是可以去巴黎旅行十五天。此前和之后，还没有哪个消息像这次一样让我如此激动，因为我的双脚就要踏进那个神话般的国度了，就要踏进那座我梦寐已久的城市了，那里诞生了我最钦佩的一些作家，尤其是我当时崇拜的偶像您。"我要去见见萨特，我要握握萨特的手！"我对所有亲朋好友说。翌年1月，我终于来到了巴黎。我趾高气扬地在行李中装上了《文学》第一期的复印件，为的是让法国作家，尤其是您，也见见我们的杂志（马尔克斯《百年孤独》里的加夫列尔像我一样赢了大奖去巴黎时带的可是一套拉伯雷全集哦）。我的接待者知道了我的心愿后，费了九牛二虎之力，想要安排您接待我一次，但始终没有办成。这要怪您的秘书，我们只见到了他，他很会敷衍，对我们的要求

一再拖延，直到我们放弃为止。没能当面见到自己崇拜的偶像，这是我此行最大的遗憾——虽说见到了加缪，但也不足以弥补。在巴黎，我买全了一套《现代》杂志，从第一期开始，那里有您主张介入文学的最早宣言，我几乎可以倒背如流。

正如您的同胞莫兰在1960年说的："写小说的作家是作家，不过如果他写的是阿尔及尔的某场拷打，那么他就是知识分子。"我写过秘鲁乃至拉丁美洲的许多场拷打，我希望成为介入型知识分子而不单单是作家。1967年，我以《绿房子》获得首届罗慕洛·加列戈斯奖，我的获奖演说《文学是一团火》体现了您的巨大影响。文学是一团火，意味着不妥协和反抗，它存在的目的就是进行抗争——这些都来自您介入文学的主张。（顺便打个小报告：我跟马尔克斯聊天时经常提起您，说您对我产生过非常重要的影响，但我觉得他根本就没读过您的书，对您的存在主义学说也不感兴趣；我觉得他应该读过加缪的作品。）

不过还是要请您理解和原谅，您虽是我青年时代的文学偶像，但随着时间的流逝，后来慢慢地褪色了，我现在不可能再去重读您的作品了。这主要是因为后来我才认识到，要想写小说，就不能被想法左右，而是得让自己服从眼泪、汗水、爱和激情的引导。但您永远不可能做到这一点，因为您实在太聪明了，您是一台思考机器，您有想法有智慧，所以能写出精彩的散文，却难以创作出高质量的小说，很难成为伟大

的小说家。您的小说里面全是思想，所以读起来也像是散文。要创作伟大小说所必需的所有文学元素，在您的小说里是一个都找不到的。

但以上这些还不是我最想说的，我想说的是为什么我不像您。如上所述，因为我对您的服膺，人们都叫我"小萨特"，有时还加上"勇敢的"；而我自己却觉得，其实我一部分像您，一部分又不像您。我指的主要是我跟父亲的关系，这种关系让我与您产生了距离。

我自出生时起就没有父亲，成长在母系家族的宠爱中。家人告诉我父亲死了，于是我像您小时候那样，获得了完全的自由，受到无条件的溺爱。那时我既骄傲又任性，简直成了一个小霸王。没有父亲，或者说得好听些，父亲在天上，并不是什么让我痛苦的事情，恰恰相反，这给我提供了一个特权地位，外公外婆和几个舅舅作了补偿，那时候天天都像过节一样。如果就这样下去，也许我会更像您，对您的存在主义，比如存在先于本质、人注定是自由的，也许更能感同身受。

可惜好景不长，在我满十岁后的那个夏天，我的父亲突然复活了。原来他并没有死，而是在我出生前，就抛弃了我们母子，家人对我隐瞒了一切。现在他心血来潮，想要浪子回头了。于是我的好日子结束了，因为我父亲是个暴君，就像卡夫卡的父亲一样，我母亲则站在我父亲一边，也像卡夫卡的母亲一样。在那个突如其来的日子，在皮乌拉的防波堤上，

当母亲告诉我这个消息时，我便被逐出了天堂和乐园。我就是从那天开始倒霉的。

自从我父亲死而复生，自从我跟父亲生活在一起，我就得同外公外婆舅舅们分开（就跟卡夫卡一样，我也更喜欢舅舅们），就得服从一个我并不熟悉却又极为严厉的人强加给我的种种规矩。我父亲的坏脾气，比卡夫卡父亲有过之而无不及，我整日处在无端的风暴之中，那种生活比地狱还要恐怖。我的痛苦您完全想象不到，也许卡夫卡也未必能够理解——就算卡夫卡也没挨过揍吧？我跟着父亲搬到利马居住，那所小房子现在还在，就是今天我从那里路过，依然会感到阵阵痛苦袭来。我住在那里的一年多时间，是我一生中最难过的日子，以致我连利马也厌恶起来。我儿时那可怕的怒火，我对他那熔岩般的仇恨，使我对他完全没有敬爱，我们的关系是冷冰冰的，直到他去世也没能和解。

我如此痛恨那个残酷的夏天，痛恨我父亲的死而复生，痛恨我母亲同他一丘之貉，一生都为此而耿耿于怀。也许正因为抱有这种潜意识，于是在《坏女孩的恶作剧》中，我让"我"父母死于一场车祸，正好是在"我"十岁那年，由"我"姑妈把我抚养长大。"这位老处女姑妈、我父亲的大姐，对我一直很亲。没有她的慷慨解囊和百般呵护，我不知道自己会流落到何等田地。自从我父母在一次愚蠢的车祸中——他们是在去特鲁希略参加好友女儿的婚礼途中被一辆卡车撞死的，出事后，

那辆卡车逃跑了,当时我只有十岁——去世之后,她就代替了他们。"我多么羡慕我小说中的这个"我"啊,可惜我只能在文学中安排这些了,父亲的阴影将会伴随我走进坟墓。

我的处境,就像这样,从萨特变成了卡夫卡,甚至连卡夫卡都不如。于是我只能叫"小萨特",意思是半途而废的萨特——我那个"小萨特"的外号,也可以从这个角度来理解;而要说出所有这一切,也确实需要有足够的勇敢。

亲爱的萨特,我真羡慕您,您不知道自己有多走运:您的父亲没有死而复生!您抱怨后来有了一个讨厌的继父,但这跟暴君般的父亲没法比,您真的是身在福中不知福啊。

但您对卡夫卡父亲说的话,我也是举双手赞成的——不是人人都有资格做父亲的,也不是天生就有资格做父亲的;如果做不好父亲,还不如不要儿子;或者干脆像您父亲一去不返,而绝不要学我父亲死而复生!

"勇敢的小萨特"
于巴塞罗那

(略萨《水中鱼》,赵德明译;《坏女孩的恶作剧》,尹承东、杜雪峰译。)

2024年1月7日

框架结构或中国套盒

8世纪以后逐渐形成的《一千零一夜》等阿拉伯文学作品，后来于12至13世纪由东征的十字军带往欧洲，其中的"框架结构"遂影响了欧洲文学。意大利的薄伽丘先是在牧歌《亚美托的女神们》（1341—1342）中采用了"框架结构"，而后又在《十日谈》（1348—1353）中将"框架结构"作了创造性的运用。此后，那些受《十日谈》影响而产生的模拟之作，如法国的玛格利特·德·那伐尔的《七日谈》（约1545—1549），以及意大利的吉姆巴地斯达·巴西耳的《五日谈》——原名《故事中的故事或孩童的消遣》，也都采用了《十日谈》式的"框架结构"。与此同时，即使那些非模拟之作，如英国乔叟的《坎特伯雷故事集》（1387—1400），也受《十日谈》的影响而采用了"框架结构"。

西班牙小说家塞万提斯的《堂吉诃德》（1605，1615），虽然没有采用"框架结构"，但第一部里也套了几个小故事，如第三十三至三十五章的《何必追根究底》、第三十九至四十一章的《俘虏的军官》等，未必不是受了《一千

零一夜》《十日谈》的影响。

在第二部第三章里,作者借学士之口说:"有人认为穿插那篇《何必追根究底》的故事是个毛病;不是情节不好,或讲法不好,只是穿插得不合适,和堂吉诃德先生的一生不相干。"还让桑丘骂了一句:"我可以打赌,那狗养的'把筐子和白菜一样看待了'。"堂吉诃德也不满意:"可是我不懂为我写传的那人为什么要穿插些不相干的故事,我本人的事可写的很多呢。他一定是记住了那句老话:'不论稻草干草……'等等。"在第二部第四十四章里,作者更是详细地介绍了对于"框架结构"的看法:"原作者在这一章里怪自己写的堂吉诃德传枯燥无趣,只能老讲堂吉诃德和桑丘,不能节外生枝,来一些耐人寻味的穿插。他说自己的心、手、笔,总是盯着一个题目,只能让一两人出场,拘束得受不了,既吃力又不讨好。所以他在本书第一部里巧出心裁,穿插了些故事。《何必追根究底》和《俘虏的军官》那两篇和本传无关,可是另外几篇却和堂吉诃德的遭遇交缠在一起,不能不写。作者说,照他猜想,许多人一心要读堂吉诃德的故事,准忽略了那些穿插,草草带过,没看到那些故事写得多好;如果那些故事自成一书,不和堂吉诃德的疯、桑丘的傻纠缠在一起,那本书的妙处就有目共睹了。所以作者在这第二部里,不论穿插的故事牵搭得上、牵搭不上,一概排除不用,只写本传应有的情节,就连这些情节也要言不烦。他尽管才思丰富,

能描写整个宇宙，也约束着自己，只在他叙述的狭小范围里回旋。他希望读者领略到这点良工苦心，别只说他写得妙，而不知道他略而不写更是高呢。"

可见当时的作者还都更喜欢"框架结构"，还不习惯紧紧围绕着主人公作线性叙事，而读者则已经不耐烦穿插或节外生枝了。而从《堂吉诃德》的第一部到第二部，塞万提斯已经显示了叙事方法的改变和自觉。

在《给青年小说家的信》（1997）中，略萨称"框架结构"为"中国套盒"（或称"俄罗斯套娃"，也就是《百年孤独》里恋人送给梅梅的礼物，"那是一套中国玩具，由五个盒子层层相套"），注意到了这种结构来自《一千零一夜》，也提到了《堂吉诃德》的上述两个例子，即《何必追根究底》和《俘虏的军官》。另外，作为《堂吉诃德》中的第三个例子，他还提到了桑丘讲述的牧羊女的故事，堂吉诃德对桑丘的讲述方式不断插入评论和补充，框架故事和插入故事之间互相作用、互相影响。不过我认为他的建议不免有点夸大其词，因为《堂吉诃德》并没有什么突破性的创造："实际上，对于《堂吉诃德》中出现的中国套盒术的多种变化，很可以写一篇大作，因为天才的塞万提斯使这个手段具有了惊人的功能。"（具体可以参见拙稿《〈豆棚闲话〉：中国古典小说中的框架结构》，收入拙著《中国古典文学论集》初二集合集版，其中有关于"框架结构"来龙去脉的详细介绍。）

除《堂吉诃德》外，略萨还提到《骑士蒂朗》多次使用中国套盒或者俄罗斯套娃术："在英国王室长达一千零一天的庆祝大婚盛会的日子里，蒂朗的英雄事迹不是由那个无所不知的叙述者披露给读者的，而是借助迪亚费布斯讲给瓦罗亚克伯爵的故事公布出来的。热那亚人占领罗得岛一事是通过两个法国王室的骑士讲给蒂朗和布列塔尼公爵之后透露出来的。商人戈贝迪的冒险故事是从蒂朗讲给逍遥寡妇的故事中变化出来的。"不过，他更推崇并详细分析的，是乌拉圭小说家奥内蒂的长篇小说《短暂的生命》（1950）："书中使用中国套盒就产生了巨大的效果，因为故事惊人的细腻、优美和给读者提供的巧妙的惊喜，在很大程度上是来源于中国套盒的。""这部杰作，西班牙语小说中最巧妙和优美的作品之一，从写作技巧的角度说，完全是用中国套盒术构筑起来的，奥内蒂以大师级的手法运用这个中国套盒术创造出复杂、重叠的精美层面，从而打破了虚构和现实的界线（打破了生活和梦幻或愿望的界线）。"略萨把奥内蒂的《短暂的生命》说得这么诱人，我很希望能有机会读到这部小说。

（塞万提斯《堂吉诃德》，杨绛译。略萨《给青年小说家的信》，赵德明译。）

2024年1月14日

木马传奇传入西班牙

《一千零一夜》里的《乌木马的故事》，最初是经由西班牙传入欧洲的，牵线搭桥者是白-安妮（1253—1323）。白-安妮又称"法兰西白"，大概是为了区别于其祖母"卡斯蒂利亚白"（1188—1252），而她本来就是以祖母的名字命名的。她是法国卡佩王朝路易九世（1214—1270）十一个儿女中的第八个，1269年嫁给卡斯蒂利亚的费迪南，成了卡斯蒂利亚、莱昂和加利西亚国王阿方索十世（1221—1284）的儿媳。她守寡后回到法国，把《一千零一夜》等东方故事从西班牙带了回去。玛丽王后是白-安妮的哥哥菲利普三世（1245—1285）的第二任妻子，在1271年菲利普三世的第一任妻子去世后嫁给了他。她应该是先从守寡回娘家的小姑白-安妮那儿听说了《乌木马的故事》，然后与白-安妮一起讲述给阿德奈斯·里·鲁埃斯听的。阿德奈斯·里·鲁埃斯据此写出了传奇《克莱奥玛代斯》，全诗一万八千余行，大约完成于1285年，并大概因故事的来历而把故事发生地挪到了西班牙。该传奇讲述，非洲的一个国王克隆巴来到塞维利亚，把一匹

会飞的乌木马献给西班牙国王玛卡迪伽斯，想要以此骗娶国王的小女儿玛丽娜。但玛丽娜不愿意嫁给克隆巴，她的哥哥克莱奥玛代斯便靠着这匹会飞的乌木马，既拯救了玛丽娜，也替自己找到了心上人，即托斯卡纳的美丽公主克拉芒迪娜。最后，作者用一首藏头诗感谢法国王后玛丽和白－安妮，因为是她们先向他讲述了这个故事。大约1285至1288年间，法国还出现了另一部内容类似的传奇，故事发生地又挪到了亚美尼亚，即《木马或美丽阿三传奇》，全诗约一万九千行，作者是亚眠的吉拉尔。该传奇讲述，巫师克拉玛扎尔把一匹会飞的乌木马献给了亚美尼亚国王奴比安，国王许诺答应巫师提出的任何要求，于是巫师要求娶国王的女儿格劳里昂德。但格劳里昂德并不愿意嫁给他，她的哥哥美丽阿三便靠着这匹乌木马，使格劳里昂德免于嫁给巫师，并救出了自己的情人赛兰德（参见拙稿《〈坎特伯雷故事集〉中铜马故事的东方来源》，收入拙著《中国古典文学论集》初二集合集版第二版）。

上述两部法国传奇中的一部，或者另外的第三部法国传奇，16世纪初被译成了西班牙文，乌木马故事又传回了西班牙，在塞万提斯的《堂吉诃德》里也提到了。《堂吉诃德》第一部第四十九章写道："再说吧，庇艾瑞斯和美人玛加隆娜的故事，谁能说不是真的呢？勇敢的庇艾瑞斯曾骑着木马在天空飞行，开动木马的转轴比车杠略大些，至今还在王家军械

博物馆里,陈列在巴比艾加的鞍旁。"这"庇艾瑞斯和美人玛加隆娜的故事",就是16世纪初译成西班牙文的法国传奇。在《堂吉诃德》第二部第四十章、第四十一章里,再次提到了这个传奇和木马,并且一大帮人还恶作剧,作弄堂吉诃德、桑丘主仆,哄骗他们骑上了假木马:"那匹马就是庇艾瑞斯英雄抢回玛加隆娜美人乘的木马。它不用辔头驾驭,只由脑门子上的关捩子操纵,飞行轻快,仿佛一群魔鬼抬着似的。据古代传说,那匹马是梅尔林法师制造的。庇艾瑞斯是他的朋友,曾经借了这匹马远行——就是刚才说的,去抢了美人玛加隆娜,带在鞍后一起飞回家;当时目见的人个个都惊得目瞪口呆。梅尔林只借给和他要好的人,或者索取高价出租。自从伟大的庇艾瑞斯借用以来,还没听说有谁骑过那匹马。现在玛朗布鲁诺用法术霸占了它,常骑着漫游世界:今天在这里,明天到法兰西,后天到波多西。那匹马妙的是不吃不睡也不磨损马蹄铁;它不生翅膀,能在空中奔跑,跑得非常平稳,骑在上面可以平端着满满一杯水一滴不洒。所以美人玛加隆娜骑在上面快乐得很。""木马的名字也取得很合适,它叫'如飞·可赖木捩扭'。因为它是木头的,脑门子上有个关捩子,并且跑得飞快。这个称号和著名的驽骍难得正可比美。""把关捩子拧拧,就可以随意控驭;或者临空飞行,或者掠地奔跑,或者照最合宜的准则,走一条适中的路。""这匹马脖子上有个关捩子;只要扭动一下,它就把你们从天空

直送到玛朗布鲁诺那里去。可是你们得把眼睛蒙上,免得飞高了头晕;等听见马嘶,就是到达地头的信号,到那时才能开眼。"(译者注:"木马行空始见《天方夜谭》,关捩子安在脖子上。塞万提斯借用了这个奇谈;上文曾改变关捩子的位置,说安在额上,这里他又完全按照《天方夜谭》了。")

捉弄堂吉诃德、桑丘主仆的人把两人的眼睛蒙上,哄骗他们说木马已经腾空上天了,其实木马在花园里根本没动窝呢。桑丘好奇又不老实,老想偷看,堂吉诃德警告他说:"这可要不得,你别忘了陀揆尔巴硕士的经历。他骑着竹竿,闭着眼睛,由一群魔鬼带着飞行,十二个钟头到了罗马,降落在城里一条街上,街名叫陀瑞·台·诺纳。他目见当地的骚乱和波尔邦攻城被杀的经过。第二天他回到马德里,就把亲眼所见的事讲给大家听。他还说自己在天上飞的时候,魔鬼叫他睁眼,看见月球近在身边,好像一伸手就摸得到。他说没敢向地面观望,怕头晕眼花。"堂吉诃德说的陀揆尔巴骑竹竿飞行之事,据陀揆尔巴在宗教法庭受审时自供,是在1527年5月4日至5日夜间,他仅用半小时就飞到了罗马,然后当夜骑竹竿飞回西班牙。16世纪初法国的木马传奇被译为西班牙文后,这或许也是西班牙出现的第一个受影响案例,虽然陀揆尔巴乃是骑竹竿而非骑木马飞行的。堂吉诃德、桑丘主仆受哄骗说是骑木马飞行,则是木马传奇在西班牙文学里的精彩演绎。

搞笑的是，桑丘受了哄骗，以为自己去过天上了，居然顺坡下驴，信口雌黄天上的见闻，反让哄骗者们哭笑不得："我想露一缝眼瞧瞧，可是我主人不准。我呢，有那么一点点儿好奇心，不让知道的越想知道。我偷偷儿把蒙眼的手绢靠鼻子那儿扳开一缝，向地球望了一眼。我觉得整个地球还没一粒芥子大，上面来来往往的人只比榛子大些；可见我们飞得多高了……我把蒙眼的手绢掀到眉毛上，看见自己离天不过一两拃的远近。高贵的夫人，我凭一切神灵发誓，那个天真是大得无边无际啊！我们正飞过七只母羊的星座。我小时候在家乡当过牧童，所以一见那几只羊，就想逗它们玩玩，要是不能遂心，我可真要难过死了。那我怎么办呢？我就不声不响，也没和主人说，悄悄儿下了可赖木捯扭，和那群母羊玩了三刻钟左右。它们真是可爱！像紫罗兰！像花朵儿！可赖木捯扭站着等我，动都不动。"——桑丘虽然一步没出花园，看来正打算漫游天界，把所见所闻一一向哄骗者们报道呢。桑丘乘坐木马的心得也让人开怀："那位玛加隆内或玛加隆娜夫人坐在这个（木马）屁股上如果还会满意，她的皮肉一定娇嫩不到哪里去。"

经由西班牙传入欧洲的木马传奇，就这样绕了一圈又回到了西班牙。王家军械博物馆不知还在不在，很想去看看那个比车杠略大些的开动木马的转轴，是否还陈列在熙德坐骑的鞍旁。

木马传奇是否传入葡萄牙不得而知，但在萨拉马戈的《修道院纪事》（1982）里，神父等三人合力制造的大鸟，靠着两千个意志飞上了天空，引起了宗教法庭的严重关注，也是一个富于想象力的故事，不知与木马传奇是否有些微的联系，还是只是现代飞机发明史上的一步。

（塞万提斯《堂吉诃德》，杨绛译。萨拉马戈《修道院纪事》，范维信译。）

2024年1月15日

塞万提斯讽刺伪学者

塞万提斯完成了大作《堂吉诃德》，想要按当时的惯例写篇前言，却发现比写大作还要吃力，好多次提起笔又放下，实在不晓得该写点什么。忽然来了一位朋友，很有风趣很有见识，瞧见他正在出神，便问他想什么呢。塞万提斯直言不讳，说正为写前言发愁，觉得真是一桩苦事，简直怕写，甚至连书也不想出版了：你看别人的书都渊博得很，书页边上有引证，书尾有注释，尽管满纸荒唐，却处处引证亚里士多德、柏拉图和大伙的哲学家，一看就知道作者是个博雅之士，令人肃然起敬。瞧他们引用《圣经》吧，谁不说他们可以和神学大家比美呢？我的书上可什么都没有，书页的边上没有引证，书尾也没有注释。人家书上参考了哪些作者，卷首都有一个按字母排列的人名表，从亚里士多德起，直到色诺芬，以至索伊洛或塞欧克西斯为止，尽管一个是爱骂人的批评家，一个是画家。我压根儿不知道自己参考了哪几位作者，开不出这种人名表。而且卷头也没有十四行诗，至少没有公爵、侯爵、伯爵、主教、贵妇人或著名诗人为我作诗。想来想去，

还是不要出版算了。

朋友听他讲完，在自己脑门上拍了一巴掌，哈哈大笑道：你瞧吧，我一眨眼就可以把你那些顾虑一扫而空，把你说的缺陷全补救过来。

你那部书的开头不是欠些十四行诗、俏皮短诗和赞词吗？作者不又得是达官贵人吗？这事好办，你只需费点儿心自己做几首，随意捏造个作者人名，假借印度胡安长老也行，假借特拉比松达的皇帝也行，我听说他们都是有名的诗人。就算不是，有些学究或学士背后攻击，说你捣鬼，你可以只当耳边风。他们证明了你写的是谎话，也不能剁掉你写下这句谎话的手呀。

至于引文并在书页边上注明出处，那也容易。你总记得些拉丁文的只言片语，反正书上一查就有，费不了多少事，你只要在适当的地方引上就行……你用了这类零星的拉丁诗文，人家至少也把你看成精通古典的学者。这个年头儿，做个精通古典的学者大可名利双收呢！

至于书尾的注释，也有千稳万妥的办法。如果你书上讲到什么巨人，就说他是巨人歌利亚斯。这本来并不费事，可是借此就能有一大篇注解……你如要卖弄自己精通古典文学和世界地理，可以变着法儿在故事里提到塔霍河，你马上又有了呱呱叫的注解……反正你只要在故事里提到这些名字，或牵涉到刚才讲的那些事情，注释和引文不妨都归我包办。

我向上帝发誓，一定把你书页边上的空白全都填满，书的末尾还要废掉四大张纸供你注释呢。

咱们再瞧瞧人家有而你没有的那份作家姓名表吧。弥补这点缺陷很容易。你只要找一份详细的作家姓名表，像你说的那样按字母次序排列的。你就照单全抄。尽管你分明是弄玄虚，因为你无须参考那么多作者，可是你不必顾虑，说不定有人死心眼，真以为你这部朴质无文的故事里繁征博引了所有的作家呢。这一大张姓名表即使没有别的用，至少平白为你的书增添意想不到的声望。况且你究竟是否参考了这些作者，不干别人的事，谁也不会费心去考证。

……

讽刺的是，时间过去了四百年，塞万提斯说的这些，还发生在我们身边，好像就是今天的事。要有名人作序，要有研究综述，要有权威引文，要有海量注释（甚至还规定多少页里得有多少条注释），要有参考文献……还有出版物上那些腰封，天花乱坠的吹捧之词，某阿狗某阿猫联袂推荐……

塞万提斯讽刺的伪学者，据译者注说，就是他的同时代人维加。塞万提斯与维加原来是朋友，1602年两人闹翻了，闹翻的确切原因已无从知道。据说是自从维加的戏上演以后，剧场就不再演塞万提斯的戏了，塞万提斯认为自己受到了排挤。在第一部第四十八章里，塞万提斯借神父之口，指责维加的戏剧不行："戏班子是作家的主顾，演员有什么要求，

作家总设法迎合。我们只要看看我国一位大才子所写的数不清的剧本,就知道确是这么回事。他笔下有文采,有风趣;他的曲词非常工致,思想新颖,有许多含意深长的箴言警句。总之,他文字很美,格调很高,所以他名满天下。可是他为了投合演员的喜好,只有几个剧本写得无懈可击,并非个个剧本都好。"作为维加戏剧不行的例子,他举了《清白无玷》:"基本是虚构的剧情,却掺上历史的真事,不管是哪个人物、哪个时代的事,都东扯西拉,混杂一起。这种戏编得连真实的影子都没有,荒谬得刺人眼目,情理难容;稍有识见的人看了都不会满意的。糟的是,偏有那些瞎了眼、蒙了心的人,以为这已经十全十美,如果再要求改进,就是过于挑剔了。"又举了《乌尔松和瓦兰丁》:"假如戏里第一幕第一景出场一个穿袍裙的小娃娃,在第二景已经成了有胡子的大男人,这不是荒谬绝伦么?"

《堂吉诃德》第一部出版以后,上述批评冒犯了维加,维加发起了反击,但他自己并未出面,而是由别人代劳的。1614年,假托阿隆索·费尔南台斯·台·阿维利亚内达之名(一说其实就是维加的化名)的伪续书《奇情异想的绅士堂吉诃德·台·拉·曼却第二部,叙述他第三次出行,亦即他第五部分的冒险》(毅平按:原书名如此)在塔拉戈纳出版(四百年后我也来到了塔拉戈纳,很想找到当年出版伪书的书坊,可惜没能如愿),序里指责塞万提斯羡慕嫉妒恨维加。塞万

提斯在翌年出版的《堂吉诃德》第二部前言致读者中作了回应："那位作者的话是有所指的吧？如果他确是替某人说话，那么他完全错了。我崇拜那位先生的天才，欣赏他的作品，钦佩他孜孜不倦地行道。"——其实维加的私生活很不检点。他还继续在第二部第一章中讽刺维加是"卡斯蒂利亚独一无二的著名诗人"，说他追求女演员不成便作诗诽谤她们："诗人选中了意中人，不论是假托的还是真的，如果意中人瞧他不起，拒绝了他，他就用讽刺和毁谤来雪耻报仇；这是诗人地道而现成的手法。当然，心胸宽大的人是不屑做这种事的。"

想起十年前在马德里参观维加故居，解说员津津乐道维加与塞万提斯的恩怨，说塞万提斯耿介不群而贫穷，嫉妒维加脑筋活络而富有，塞万提斯耿耿于怀写以上这些的场面宛如目睹。那次在马德里，还参观了塞万提斯故居遗址、安葬塞万提斯的修道院等。在老城的西班牙广场上，塞万提斯、堂吉诃德、桑丘、驽骍难得的群像气势恢宏，昭示着《堂吉诃德》的不朽，又有几个人还在乎维加呢？

（塞万提斯《堂吉诃德》，杨绛译。）

2024年1月16日

堂吉诃德参观印刷所

在《堂吉诃德》第二部第六十二章里,堂吉诃德带着桑丘在城里随便逛逛,正在街上走着,抬眼看见一处门额上写着"承印书籍"几个大字,便很高兴,因为从未见过印书,很想瞧瞧,就带着人跑进去。只见一处正在印,一处正在校样,这里在排版,那里在校对,反正都是大印刷厂里工作的常套——出版的程序非常亲切,直到今天也还是如此,感觉不像隔了四百年。

堂吉诃德见到一位译者,对他的翻译十分满意,便断定他怀才不遇,理由很是愤世嫉俗:"我敢发誓,您不是当代的著名人士。这个世界专压抑才子和杰作,辜负了不知多少本领,埋没了不知多少天才,冷落了不知多少佳作!"大概他借题发挥自己的牢骚吧。

他发表的对于翻译的见解不免悲观:"不过我对翻译也有个看法。除非原作是希腊、拉丁两种最典雅的文字,一般翻译就好比弗兰德斯的花毡翻到背面来看,图样尽管还看得出,却遮着一层底线,正面的光彩都不见了。至于相近的语言,

翻译只好比誊录或抄写，显不出译者的文才。这不是轻视翻译，有些职业比这个还糟，赚的钱还少呢。"弗兰德斯地区盛产挂毯，上面编织宗教或历史故事，在欧洲各地都大受欢迎——译者这里的"花毡"，似可理解为挂毯。但这个比喻的确恰当，把译文的局限说透了。在第一部第六章里，神父也说："翻译诗都有这毛病；不论功夫多深，技巧多精，总不能像原诗一样美好。"

堂吉诃德问译者："您出版这本书是自负盈亏，还是把版权卖给书店了？"

译者说："我自负盈亏。这第一版印两千本，每本定价六瑞尔，转眼可以销完；我想至少能赚一千杜加。"

堂吉诃德答道："真是如意算盘！看来您还不知道书店的交易和它们同行之间的关系呢。您瞧着，将来您背着两千本书，压得腰瘫背折，您就慌了；如果书是平淡无奇、不大够味儿的，那就更没办法。"

译者道："可是怎么办呀？您要我把书交给书店老板吗？他出三文钱买了我的版权，还好像是对我开恩呢。我出书不为求名，我靠作品已经有名了。我求的是利；没有利，空名值不了半文钱。"

堂吉诃德说："但愿上帝保佑您一本万利。"

——这不就像今天的对话吗？当时的西班牙能有多少人读书呢，怎么自费出版一下子就敢印两千本？若一杜加合八

瑞尔,每本定价六瑞尔,两千本码洋一万二千瑞尔,也就是一千五百杜加。作者能赚一千杜加,则其印刷成本为五百杜加,也就是四千瑞尔,每本印刷成本为两瑞尔,约合定价的三分之一。因绕过了中间的书商,所以利润空间比较大。但堂吉诃德担心得不无道理,你又没有经销渠道和网点,怎么才能卖掉这两千本书呢?——三百多年后,在《百年孤独》大获成功前,马尔克斯出版的四本书,《枯枝败叶》《没有人给他写信的上校》《恶时辰》《格兰德大妈的葬礼》,一个个后来如雷贯耳的名字,每本也都只有千把本的销量;而他的抱怨"出版商个个有钱,作者个个没钱",与堂吉诃德遇到的那个译者也一模一样。

在第二部第二十二章里,堂吉诃德想去打探蒙德西诺斯地洞,由一个大学里的高材生带路,那个小伙子已经有著作出版了。"我是研究古希腊拉丁文学的,以著书为职业;出版的书都很风行赚钱。我有一本书叫作《礼服宝典》,描写了七百零三种礼服……我还有一部破天荒的奇书,可称为《变形记,或西班牙的奥维德》(毅平按:原书名如此),我用俳谐的笔法,仿照奥维德那部名著,化正经为滑稽……这部书读来既有趣味,又广见闻,还对身心有益,真是一举三得。我还有一部书叫作《维吉尔·波利多罗补遗》,专考订事物的创始。这本书很渊博,考据精详,波利多罗遗漏的重要项目,我都细细补订,用优雅的文笔解释清楚。维吉尔没指出世上

谁第一个害感冒,谁第一个用水银治疗杨梅疮;我都查考出来,引证的书籍至少也有二十五种。我这种工作的价值,我这种书在世界上的用处,你就可想而知了。"由此可见当时西班牙出版业一斑,也可见什么样的书在当时受欢迎。

塞万提斯自己呢,《堂吉诃德》第一部一炮打响,卖了一万五千本。第二部第三章里的下述对话,显示塞万提斯对自己作品的销量不无得意。堂吉诃德扶了学士起来,说道:"照您这话,真是出了一部写我的专记吗?"学士道:"这是千真万确的,先生;据我估计,现在这部传记至少已经出版了一万二千册(译者注:"当时各地出版的《堂吉诃德》总数约一万五千册。"),不信,可以到出版这部书的葡萄牙、巴塞罗那和巴伦西亚去打听。据说也在安贝瑞斯排印呢。我看将来每个国家、每种语言,都会有译本。"堂吉诃德说:"一个有声望的好人生前看到自己的美名在各种语言里流传,那一定是最称心的。"学士说:"那部传记很流畅,一点不难懂。小孩子翻着读,小伙子仔细读,成人熟读,老头子颠头簸脑地读;反正各种各样的人都翻来覆去读得烂熟,每看见一匹瘦马,就说:'驽骍难得来了!'读得最起劲的是那些侍僮。每个贵人家的待客室里都有这么一部《堂吉诃德》,一人刚放下,另一人就拿走了;有人快手抢读,有人央求借阅。总之,向来消闲的书里,数这部传记最有趣,最无害。什么下流话呀,邪说异端呀,整部书里连影儿都没有的。"

在第二部第十六章里,堂吉诃德更是吹嘘:"我那部传记已经印出三万册了,假如上天许可,照当前这个趋势,直要印到三千万册呢!"

  时至今日,学士的美妙预言成了现实,堂吉诃德的吹嘘也差不离。倘若塞万提斯地下有知,当从睡梦里笑醒过来,再对维加做个鬼脸。对一个写书人来说,这结果再称心不过了。

(塞万提斯《堂吉诃德》,杨绛译。)

2024 年 1 月 17 日

堂吉诃德谈专业选择

每到高考时节,就会有熟人前来咨询,孩子该填报什么专业。我的回答永远只有一个:看孩子喜欢什么专业吧。

但这回答家长们未必爱听。做家长的总是替孩子担心,怕他们将来找不到好饭碗,所以总想着别报错了专业,也总喜欢替孩子越俎代庖。古今中外,概莫能外。

这不,堂吉诃德就碰到了一个这样的父亲,儿子在大学里攻读的专业不称他心,便觉得有儿子还不如没儿子福气好:"堂吉诃德先生,我有一个儿子;假如没这个儿子,也许福气更好。他不是不好,只是不合我的指望。他现在十八岁,在萨拉曼加大学攻读拉丁文和希腊文已有六年了。我希望他钻研学问,他却只爱读诗——诗也算得一门学问吗?我要他学法律,可是怎么也没法叫他下这个功夫;神学是一切学问的根本,他也不感兴趣。现在国家厚赏品学兼优的人——因为有学无品,就是珍珠嵌在粪堆里;我希望我的儿子读了书可以光耀门庭。可是他呢?整天只讲究荷马《伊利亚特》里某一行诗写得好不好,马西阿尔的某一警句是否猥亵,维吉

尔的某几行诗该怎么解释。反正他读的无非以上那几个诗人和霍拉斯、贝尔修、朱文纳尔、梯布鲁等人的著作。"

堂吉诃德听了这一席话，答道："先生，孩子是父母身子里掏出的心肝，不论好坏，父母总当命根子一样宝贝。父母有责任从小教导他们学好样，识大体，养成虔诚基督徒的习惯，长大了可以使双亲有靠，为后代增光。至于攻读哪一学科，我认为不宜勉强，当然劝劝他们也没有害处。假如一个青年人天生好福气，有父母栽培他上学，读书不是为了挣饭吃，那么，我认为不妨随他爱学什么就学什么。有些本领，学会了有失身份；诗虽然只供人欣赏而不切实用，会作诗却无伤体面……油腔滑调的人，不能领会诗中真意的庸夫俗子，都不配和诗打交道。先生，您别以为我说的庸夫俗子专指平民或卑贱的人；凡是没有知识的，尽管是王公贵人，都称为凡夫俗子。如果照我提的这些要求专心学诗，就可以成名，受到全世界文明国家的敬重……绅士先生，我的话千句并一句，无非劝您让您儿子随着命运的指使，走自己的路。"（《堂吉诃德》第二部第十六章）

绅士听了堂吉诃德这番议论，钦佩至极，不再把他当作疯子了；我听了这番议论，也举双手赞成，因为英雄所见略同，我更不是疯子。

太阳底下没新鲜的事。过了数百年，同样的矛盾，同样的说辞，几乎没变过。做父亲的，总希望儿子学点"有用"的，

比如法律之类，毕业了做个律师，有个好饭碗。这不，马尔克斯的父亲就让儿子学法律，辛辛苦苦供他上学，一心期待儿子拿回一张学位证书挂到墙上，这辈子有个保障，也顺带圆他的大学梦。但做儿子的，总想顺着自己的心思，学点自己喜欢的。这不，马尔克斯虽从父命学了法律，读到大三，却再也不肯毕业，干脆中途退学算了，改行从事自己喜欢的写作。做父亲的，总认为学文学不是个事儿——文学也算得一门学问吗？这不，马尔克斯中途退学，好端端的法律系，居然不念了，其父亲实在接受不了，大约也觉得有这个儿子，还不如没这个儿子，也许福气更好些。于是其母亲临危受命，前去游说不肖。在陪妈妈去阿拉卡塔卡老家卖房子的路上，已从法律系辍学的马尔克斯与妈妈的对话，宛如当年那对绅士父子专业观冲突的再现：

"你爸爸很伤心。"

"为什么？"

"因为你放弃了学业。"

"我没有放弃学业，只是转了行。"

"你爸爸说，那是一回事儿。"

"他当年也放弃了学业，去拉小提琴。"

"那不一样。他当年放弃学业，是因为没饭吃。"

……

"无论如何，我得替你爸爸讨个说法。"

"您别担心,我十二月回去跟他解释。"

"我能告诉你爸爸,你会答应他继续念书吗?"

"不能!不能这么说!"

"那我还是实话实说,免得一听就是瞎话。"

"那好,您照实说。"

……

"爽爽快快告诉我,怎么跟你爸爸说?"

"说什么?"

"说他唯一关心的话题,你的学业。"

"他想当作家。"一个偷听了半天母子对话的邻座食客无礼地插嘴道。

……

"我跟你爸爸到底要怎么说?"

"告诉他,这辈子我只想当作家,也一定能当上。"

"你想当什么,他不反对,只要你能拿个学位。"

"您明知我不会让步,还这么坚持干吗?"

"你怎么知道?"

"因为您和我是一路人。"

……

"我怎么跟你爸爸说?"

"跟他说:我很爱他,因为他,我会成为作家。别的不当,只当作家。"(《活着为了讲述》,2002)

马尔克斯那时大概还没读过《堂吉诃德》，否则大可拿堂吉诃德的那套说辞做挡箭牌。当然什么挡箭牌对于做父母的来说都是没用的，因为孩子毕竟又不是从堂吉诃德或别的什么人身子里掏出的心肝。

几乎同样的事情，也发生在略萨身上。"自从结婚以后，虽然我去上课的时间减少了许多，我的感情依然系在圣马可，特别是文学系，而对法律系的课程则完全没兴趣。我无精打采地上着那些课程，为的是结束一件开了头的事情，也朦胧地希望律师这个头衔将来也许能用来找个养家糊口的工作。"这自然也是他专横父亲的愿望："他突然开口劝我：不要因为结婚就放弃了学业，毁坏了前程，抛舍了未来。"（《水中鱼》，1993）

波拉尼奥的《荒野侦探》（1998）中的"我"，一出场就面临了文学与法律的专业抉择之争："我今年十七岁，名叫胡安·加西亚·马德罗，是法学院一年级的新生。我本想专修文学，可叔叔坚持要我学法律，最后我只好顺从他了。我是个孤儿，有朝一日我要当一名律师，我把这个壮志告诉叔叔和婶婶后独自关在屋里哭了一夜，总之肯定哭了很长时间。"

是苏东坡说的吧，读书万卷不读律。天下古今的文人，有一个例外的吗？

可怜天下父母心。

可怜天下儿女情。

（塞万提斯《堂吉诃德》，杨绛译。马尔克斯《活着为了讲述》，李静译。略萨《水中鱼》，赵德明译。波拉尼奥《荒野侦探》，杨向荣译。）

2024 年 1 月 18 日

哭还是不哭,这是个问题

帕尔马的《秘鲁传说》(1872—1918)说,古代秘鲁的利马城里有所谓的"哭丧婆",是一群满脸皱纹、比穷人身上的虱子还干瘪的老太婆。她们的职业是抽噎哭泣,大把大把地甩眼泪。这些人都像巫婆和老鸨一样,老得不能再老,丑得不能再丑。凡能留下一笔可供办起一场体面丧事的财产的人刚刚寿终正寝,遗嘱执行人和死者眷属便走街串巷,寻访最有名的哭丧婆,由她再去雇佣陪她一起哭丧的伙伴。报酬是首席哭丧婆四个比索,陪哭者每人两个比索。当办丧人装出一副慷慨大方的样子,除正价外多给几个小钱时,哭丧婆们也得有点额外举动。所谓额外举动,就是一边号哭,一边顿足捶胸,像发羊痫风一样抽搐和揪头发。她们和那些手拿蜡烛前去吊丧的所谓"穷光蛋"一起,在教堂门口等着遗体抬进抬出,尽情发泄她们那非法出卖的悲痛。要说利马有什么有利可图的职业,那就算受雇哭丧婆这一行了。在所有哭丧婆里,有一个高级哭丧婆,她是这类人中的至高无上者,只有为总督、大主教或最显贵人物举行丧礼,她才屈尊到场。

她与众不同,雅号叫"圣星期五的受雇哭丧婆"。所以才有了这种说法:"某某先生的葬礼真是登峰造极了。你听啊亲爱的,连圣星期五的受雇哭丧婆都光临教堂门口了。"(《圣星期五的受雇哭丧婆》)

"哭丧婆"当然不仅仅是古代才有,马尔克斯也写过现代的"哭丧婆"。"哭丧——这项活动在大西洋沿岸地区又派生出许多有趣而又荒唐的细小区别——在拉谢尔佩镇土生土长的居民心目中,是一种职业,它不应当由死者的家人从事,而是要交给一个女人,一个无论从素质上还是从经验上都堪称专业的哭丧婆。""哭丧婆们不是来哭死人的,而是来向来宾当中的显贵人物致敬的。当人们发现某个因为富甲一方而被当成有特殊贡献的重要人物将要登场,便会有人通知值班的哭丧婆。接下来的情节就非常有戏剧性了……哭丧婆双臂高举,脸戏剧性地抽搐着准备放声大哭。随着一声长长的呼啸,刚刚到来的人听到了整个故事——听到了死者的走运时光,也听到了他的倒霉岁月,听到了他的优点,也听到了他的缺点,还有他的快乐他的痛苦;而故事的主人公此时正仰面朝天躺在一个角落里渐渐腐烂,身边不是猪就是鸡,身下垫着两块木板。"(《拉谢尔佩镇的奇异偶像崇拜》,1954)——秘鲁在太平洋沿岸,这里是大西洋沿岸,可见得在两大洋之间的美洲都有这一行当。在富恩特斯的《阿尔特米奥·克罗斯之死》(1962)中,写到阿尔特米奥·克罗斯

临终时，想象人们会雇一些哭丧婆来哭他，可见墨西哥也有哭丧婆这一行当。

之所以会有这一行当，无非是因为有需要。死人是必须有人哭的，否则显得活人没感情，更显得死人没面子。尤其是死者的亲人，特别是死者的儿女，不哭更是大逆不道，有违社会良善风俗。也就是说，哭有两种基本的功能，一种是满足感情的需要，一种是满足社会的需要。"哭丧婆"满足的是后一种需要。

哭的两种基本功能，在《红楼梦》（约1754）里的贾珍身上表现得特别明显。第十三回写其儿媳秦可卿死了，作为公公的贾珍"哭的泪人一般"，"说着又哭起来"，"恨不能代秦氏之死"，甲戌本批云："可笑！如丧考妣，此作者刺心笔也。"贾珍这里的哭满足的是感情的需要，显示了其对秦氏异乎寻常的不伦之情。到了第六十三回，贾珍的父亲贾敬为服药求道所误而死，停柩在铁槛寺。贾珍父子闻了此信，即忙告假，星夜驰回。半路遇见家人，问家中如何料理。家人汇报说，怕家内无人，接了亲家母和两个姨娘在书房住着。听见两个姨娘来了，贾珍父子相顾一笑，贾珍忙说了几声"妥当"——两个姨娘就是尤二姐和尤三姐，与贾珍父子都有一腿的。到了铁槛寺，已是四更天气。"贾珍下了马，和贾蓉放声大哭，从大门外便跪爬进来，至棺前稽颡泣血，直哭到天亮喉咙都哑了方住。尤氏等都一齐见过。贾珍父子忙按礼

换了凶服,在棺前俯伏。无奈自要理事,竟不能目不视物、耳不闻声,少不得减些悲切,好指挥众人。"联系此前路上的关心和后来服丧期间的表现,贾珍这里的"跪爬进来""稽颡泣血"就全成了表演,连"竟不能目不视物、耳不闻声"也是辛辣的讽刺了。贾珍这里的哭满足的是社会的需要,与他对秦氏发乎不伦之情的痛哭形成了强烈的反差。

如果社会的需要不被满足,也就是该哭的时候不哭,又会怎样呢?那甚至是会招来杀身之祸的。谓予不信,请看加缪的《局外人》(1942)。辩护律师对"我"说,预审推事们了解到"我"在妈妈下葬的那天"表现得无动于衷",如果做不出什么解释的话,这将成为起诉"我"的一条重要依据。果然,在法庭上,所有人都作证说,在"我"妈妈死后,"我"的所有言行都有违社会常识。养老院院长说,他对"我"在下葬那天的平静深感惊讶,说"我"不愿意看妈妈的遗容,没有哭过一次,下葬之后立刻就走了,没有在坟前默哀。还说,还有一件事也使他感到惊讶,那就是殡仪馆的人告诉他,"我"不知道妈妈的具体岁数。说到这里,大厅里一时鸦雀无声。养老院的门房作证说,"我"不想见妈妈的遗容,"我"在守灵时抽了烟、睡了觉、喝了牛奶咖啡。这时,"我"感到有某种东西激起了全大厅的愤怒,"我"第一次觉得自己真正有罪。养老院的老人作证说,他没有看见"我"哭。检察官也揭发说:"陪审团的先生们,此人在自己母亲下葬的

第二天，就去游泳，就去开始搞不正当的男女关系，就去看滑稽电影、放声大笑，我用不着再向诸位说什么了。"最后，检察官声嘶力竭喊道："我控告这人怀着一颗杀人犯的心埋葬了一位母亲！"这一声宣判，显然对全体听众，当然也对陪审团，产生了决定性的影响。这时"我"才感到，自己大事不妙了。庭长宣布审判结果：将要以法兰西人民的名义，在一个广场上将"我"斩首示众。——"我"只因没有满足社会的需要、在妈妈的葬礼上没有哭而被处决！

但说到这里，有几句话如骨鲠在喉，虽不免有扯开去之嫌，也不得不一吐为快了。那就是《局外人》中所有的法国人，包括杀害阿拉伯人的"我"，没有任何人在任何场合，表达过对于杀人事件的义愤或谴责，对于被害阿拉伯人的同情或忏悔。在整个这场殖民地的审判闹剧中，对伪善的社会习俗的重视，远过于对一条人命的重视——那不过是个阿拉伯人罢了。换句话说，如果没有对于社会习俗的冒犯，仅仅杀死一个阿拉伯人，对于当时当地的法国社会来说，只不过是小事一桩，把凶手判个几年，事情也就过去了——"我"本来也是这么想的。对此，小说似乎缺乏必要的认识和交代，作者的全部局限都在这里了。加缪后来不能像萨特那样支持阿尔及利亚民族解放战争，伏笔大概也就隐藏在这里了。

言归正传。正因为出于满足社会的需要，在葬礼上哭是至关重要的，所以哭丧婆不仅秘鲁有，哥伦比亚有，包括中

国在内，许多国家和地区都有；不仅古代有，现代也有，现在甚至有用录音代替活人、代替哭丧婆的。科塔萨尔的《为您效劳》（收入《秘密武器》，1959），写了一个现代版的哭丧婆，是发生在法国巴黎的故事，很有讽刺意义和喜剧色彩。弗朗西内太太受雇去冒充一个死者的母亲，来求她的罗塞老爷难以启齿、吞吞吐吐地说："这位先生……是位非常著名的时装设计师……他孑然一身，也就是说，远离家人。您理解吗？除了朋友之外，他无依无靠……作为他的朋友，我们考虑，为了葬礼能达到恰当的效果……我们认为，举行一个仪式，只有他的朋友们，只有很少的几位朋友参加……以这位先生的情况，还不够庄重……也无法诠释他的辞世给人带来的沉痛……您理解吗？我们觉得您也许能出席追悼会，自然还有葬礼……我们假设您以逝者亲戚的身份……您懂我的意思吗？很近的亲戚……比如他的姨妈……甚至我斗胆建议……我们觉得您可以作为……请您谅解……我的意思是，作为逝者的母亲出现……请允许我向您解释清楚……母亲刚刚知道儿子过世，从诺曼底赶来陪伴儿子，看他入葬……那么自然，您一到那儿，就应该做出样子……您明白的……痛苦，绝望……主要是做给来宾们看的，在我们面前，您保持沉默就行了。"（毅平按：省略号除个别外都是小说原有）弗朗西内太太带着心理矛盾和对报酬的渴望接受了这个差事："要我装成那位过世的时装设计师的母亲是不对的，因为这

种事情是不应该假装的,也不应该欺骗别人。但也要考虑来宾的感受,如果葬礼上没有逝者的母亲,甚至连一位姨妈或者姐妹也没有,仪式就显不出它的意义,也无法诠释他的辞世给人带来的沉痛。"然而巧合的是,死者恰巧是以前她在罗塞老爷家干活时,所有人里唯一尊重她、对她好的人,还说她一看就是好人,像是一个乡下的姨妈。这下她的悲痛就不必装了,她真的大哭起来,还哭得情真意切,哭得罗塞老爷表情古怪,对她说没必要继续装了,不知道她这根本就不是装……"天真的弗朗西内太太一面讲述,一面让读者领略那个道德极度沦丧、极其腐化的社会,它隐藏在每一句话的背后,用《圣经》中的话来说,这个社会就好比一座被粉饰的棺椁,身在其中的人得维护自己的面子,得伪装,要是真正的母亲并不存在或是没有到场,还得创造出一个母亲来:只要能贯彻完成那些维护它、支持它、捍卫它的仪式和礼节,这个社会就绝不会犹豫半分。"(《文学课》,2013)

科塔萨尔还有一篇《葬礼上的举止》(收入《克罗诺皮奥和法玛的故事》之《奇特职业》,1962),写有家人家专门挑战虚伪的葬礼:"我们不是为了茴香酒,也不是因为不得不去。有人已经猜出来了:我们去是因为无法忍受各式各样最狡诈的虚伪。我年纪最大的堂姐负责了解葬礼的性质,如果是真的,如果人们哭泣是因为在晚香玉和咖啡的香味中男男女女们除了哭泣再无他想,我们就会留在家里,在远处

陪伴他们。顶多我的母亲会过去一下,以全家人的名义道个恼;我们不喜欢强行加入他人与阴影的对话之中,那是傲慢无礼的行为。但是,如果我堂姐通过不慌不忙的调查,怀疑在带顶庭院或是客厅里出现了虚伪的征兆,那么全家人会立即穿上最好的衣服,等待葬礼开始,无可阻挡地逐一登场。"他们到虚伪的葬礼上去轮番痛哭,让虚情假意的死者家属原形毕露,其战略战术及作战效果颇堪发噱。这是传统哭丧婆形象和功能的大翻转了:本来是帮助虚情假意的死者家属的道具,却成了揭露死者家属的虚情假意的利器。

如果他家去贾敬的葬礼上痛哭,不知贾珍父子该会如何地狼狈?

后来,马尔克斯为科塔萨尔写的悼词,深得科塔萨尔此类小说的神髓。"不过,大胆设想一下,假若死者还能死,那么,眼下这种举世皆为他的辞世而悲的场景,恐怕会让他无地自容,再死一次。无论在现实生活中,还是在书里,谁也不像他那样惧怕身后的哀荣、奢华的葬礼……所以,正因为了解他,深爱他,我才拒绝出席科塔萨尔的一切治丧活动。"(1984 年 2 月 22 日在墨西哥城美术馆的演讲《人见人爱的阿根廷人》)

(帕尔马《秘鲁传说》,白凤森译。马尔克斯《回到种子里去》,陶玉平译;《我不是来演讲的》,李静译。富恩特斯《阿尔特米奥·

克罗斯之死》,亦潜译。加缪《局外人》,柳鸣九译。科塔萨尔《秘密武器》,金灿译;《克罗诺皮奥和法玛的故事》《文学课》,林叶青译。)

2024年1月30日

抽签起堂

帕尔马的《秘鲁传说》又说，哭丧婆的差事这还不算完，还有一件最难的事，那就是在死者家中接待吊丧三十天这种仪式。在那三十天里，每晚从7点开始，死者的生前友好默默走进灵堂，一言不发地坐下来吊唁亡魂，简直就像哑巴祭神一样。只有哭丧婆才能大声哭号，她们每隔片刻就发出一声"哎呀耶稣"的喊声或沙哑的叹息，犹如阴曹地府传来的哭诉。

幸好时钟敲过8点，接待吊丧仪式结束。但这时更难的事出现了：这是女人们最感尴尬的时刻，谁也不肯第一个站起来。这场面叫"抽签起堂"。

最后，总算有个女人下决心大胆地站起来，走到并非总是伤心得死去活来的孀妇面前说："还能怎么样呢！听从上帝的旨意吧。算了吧孩子，他已经位列仙班、离开这个讨厌的世界安息了。别这么伤心了，这是冒犯万能的主的。"所有女人一个个离去时都会把这套话说上一遍。

全家人吊唁归来，自然要把丧夫的女人和前去吊祭的人

议论一番,姑娘们鼓动烂舌头着实说一番坏话。因故没能去吊丧的人总会关心:"是谁'抽签起堂'的?"听说是某个女人,便会骂上一句:"一定是她,这个臭不要脸的!早就知道会是她……"

传说的作者表示不解道:"我绞尽脑汁,百思不得其解,为什么如此背后伤人?毫无道理嘛!我想人家去看望,总不能永远呆下去,总得有人率先告辞呀!"(《圣星期五的受雇哭丧婆》)

然而读了这样的故事,我们会联想起点什么。比如斯大林时代的掌声,暴风雨般的经久不息的,谁都不敢第一个停下来;谁若第一个停下来,立马便会被请出去,消失在古拉格群岛……相比之下,大胆的"抽签起堂"者,被人说上几句闲话,又算得了什么呢。

(帕尔马《秘鲁传说》,白凤森译。)

2024 年 1 月 31 日

在公交车上

帕尔马的《秘鲁传说》还说,每年11月在大城市要举行向墓地送丧的串街游行。这一天,坟墓堆满鲜花、彩带和花圈,这是出于生者的虚荣心理,而不是出于死者亲属的悲痛感情。那些和蔼可亲的亲戚们说:"还能说我们什么呢!必须让别人看到我们是舍得花钱的。"最博学的书本上说道:"我甚至在死亡身上看到了虚荣。"真正的悲痛气氛被乱哄哄的嘈杂声吞没了。到了鬼节去墓地,看看人也让人看看,就好像为了凑热闹和消磨时光去看斗牛一样,这是最令人厌恶、最愚蠢的亵渎行为。(《圣星期五的受雇哭丧婆》)

了解了这个背景,再来读科塔萨尔的《公共汽车》(收入《动物寓言集》,1951),就很容易理解了。一个周六的下午,她坐168路公交车,去赴与女友之约。168路来了,只上了她这一个乘客。克拉拉对售票员说了两次"十五分钱的",那家伙都没把眼睛从她身上挪开,好像对什么感到奇怪。她坐下后,发现售票员还在盯着她看,连司机在拐弯时,也转过头来看了她一眼。司机和售票员说了几句,两人看一

眼她,又互相看了一眼。坐在前排手捧一大束康乃馨的女士,也转过头来,从花上探出头来看她。坐在后排的老人直着脖子,手捧一束雏菊,贴近她看她。最后一排的绿色长椅上,所有乘客都看着她,似乎在谴责着什么。所有乘客的手上,不约而同地拿着一束花。她暗想,去恰卡利塔墓园拿着花也对,全车人都拿着花也说得过去,但所有拿着花的人都盯着她看,她想叫他们都低下头别看了。一路上只有一个男子上车,也是买"十五分钱"的车票,也被售票员和乘客们盯着看。他们盯了她好长时间,现在又去盯新来的乘客。有一阵,所有乘客都盯着男子看,也盯着她看,只不过对新上来的人更感兴趣,没对她直视,不过也把她收在视线中,将两人视为同一个观察目标。在那条街、那个地段,不为什么,就因为手上少了一束花。她注意到小伙子也不安起来。她比较着几分钟前自己遭遇的视觉骚扰和如今困扰小伙子的视觉骚扰。"可怜的小伙子,两手空空。"她发现他有些无助。168路到了墓园,车门打开,所有花们一路纵队,看着她,看着他,这两个没往外走的乘客。只剩他俩了,他坐了过来。"恰卡利塔墓园到了!"售票员喊道。"我们买的是十五分钱的票。"他们几乎同时回答。车门还是开着,售票员走了过来。"恰卡利塔墓园到了。"他几乎在逐字解释。可他们到另一个站。售票员和司机都怒气冲冲,司机几次离开座位想扑过来,都被售票员给拦住了。

"好多人啊,一股脑儿全下去了。"

"他们带花去恰卡利塔墓园。每到周六,好多人去墓园扫墓。"

"我害怕,哪怕衬衫上别着几朵紫罗兰也好啊!"

"我有时会在口袋上插朵茉莉,今天出门匆忙,没顾得上。"

……

一趟公交车上的恐怖之旅,一个特殊日子的地狱之行,只因为他俩没有也拿着花,只因为他俩不是去墓园的,只因为他俩显得与众不同。

结尾意味深长。他俩下了168路。卖花的人站在广场一边,摆花的筐子系在木架上。他停住脚,选了两束三色堇,递给她一束。两人重新迈步时,各人拿着自己的花,各人走着自己的路,非常开心。

至少现在他俩安全了。

(帕尔马《秘鲁传说》,白凤森译。科塔萨尔《动物寓言集》,李静译。)

2024年1月31日

所有人都疯了

一

上世纪70年代的拉丁美洲,大多数国家都持续着独裁统治,就连此前硕果仅存的三个非独裁国家(参见略萨《普林斯顿文学课》,2017),智利随着1973年9月11日皮诺切特的军事政变,也成了一个独裁国家,致使上百万人亡命天涯,同年6月27日乌拉圭也发生了军事政变,实行独裁统治,流放了近四分之一的人口,只有哥斯达黎加鲁殿灵光了。"在拉丁美洲唯一能与音乐传统、宗教传统、西班牙殖民遗产和对西班牙语的使用相提并论的就是独裁传统了。只不过接受或者改造其他传统的过程是愉快的,而独裁传统是畸形的,它在独立后的二百年中伤害了数百万人。"(《从马尔克斯到略萨:回溯"文学爆炸"》,2015)上世纪60年代起发生在拉美各国的"肮脏战争"是其极致表现了。

1976年4月,旅居巴黎的科塔萨尔有中美洲、加勒比海诸国之行,所见所闻,深受震撼。他写下了《索伦蒂纳梅启

示录》(收入《有人在周围走动》,1977),记录了自己在尼加拉瓜的一段经历。"他们说起了警察的威胁,在深夜或光天化日之下被警察追捕,在岛屿和陆地上过着永远不确定的生活,在全尼加拉瓜,不仅在尼加拉瓜,在整个拉丁美洲,危地马拉的人们、萨尔瓦多的人们、阿根廷和玻利维亚的人们、智利和圣多明各的人们,巴拉圭的人们、巴西和哥伦比亚的人们,所有人都生活在恐惧和死亡的包围之中。"——三年以后,在尼加拉瓜持续了四十三年的索摩查独裁统治才终于被推翻。

在尼加拉瓜湖中小岛上的索伦蒂纳梅社区——不久以后它被索摩查的国民警卫队摧毁了,科塔萨尔看到了一些当地的农民画,开始欣赏它们。每幅画都十分美丽,对世界的第一印象,眼神干净的画者,描绘周遭环境像描绘颂歌:虞美人花丛中矮小的母牛,如蚂蚁般从糖屋里涌出的人们,芦苇丛中绿眼睛的马匹,教堂里的洗礼仪式,湖泊和湖上漂浮着的鞋履般的小舟,远景中有一条巨大的鱼,咧着绿松石色的嘴唇微笑,小奶牛、鲜花、母亲和她膝头的两个孩子,分别穿着白衣服和红衣服……他把每一幅画都拍了下来,打算回去后放大了仔细欣赏。

胶卷洗出来了,装好了投影仪,他开始看照片,从农民画看起,但是……好像是见了鬼了,他看到的是一些完全不同的画面:

一个男孩出现在了照片的中景,他的身体向前倾,额头中心的窟窿清晰可见,军官的手枪划出了子弹的弹道,周围的其他军官拿着冲锋枪;

正午时分一片无边无际的硝石矿区,那里有两三座用生锈的金属板制成的棚屋,人们聚集在左边,看着那些仰面朝天的尸体,死者们对着赤裸、灰蒙蒙的天空张开了双臂;

一辆黑色汽车,车里有四个人,他们瞄准了人行道,一个穿着黑衬衫和运动鞋的人在人行道上奔跑,两个女人试图躲在停着的卡车后面,有人目视前方,脸上充满疑惧,把一只手放在下巴上,触摸自己,确定自己还活着;

一个昏暗的房间,一束浑浊的光从高处安着栅栏的小窗上倾泻下来,桌上有一个仰面朝天、浑身赤裸的女孩,她的头发垂到了地上,一个背对着画面的黑影将一条电缆伸进女孩张开的双腿之间,两个面对着画面的男人在交谈;

森林中的一片空地,近景中有一座茅屋和一些树木,一个瘦小的年轻人靠在离他最近的那棵树上,左边有一群模糊的身影,有五六个人靠得很近,用步枪和手枪瞄准他,那是萨尔瓦多诗人罗基·达尔顿,1975年5月遇害(但据加莱亚诺的《爱与战争的日日夜夜》《火的记忆III:风的世纪》,他是因意见分歧而被自己的同伴杀死的);

一辆汽车在市中心炸成了碎片,可能是布宜诺斯艾利斯或圣保罗,鲜血淋漓的面孔和尸体的碎片不断闪过,女人和

孩子们在玻利维亚或危地马拉的山坡上奔跑……

他以为冲印店弄错了胶卷,把别人的胶卷给了他,但同伴看了那些照片后,却快活得像只猫一样,说那些农民画拍得美极了:那幅咧着嘴唇微笑的鱼,田野里的母亲、两个孩子和奶牛……

科塔萨尔是怎么做到的?他怎么会想到利用人的走神状态,从农民画中看到那些恐怖画面的?我们还是来听听他自己的解释吧:"这是我能想象到的,或者说能写出的最富现实主义色彩的短篇小说,因为它在很大程度上是以我自身的经历为基础的,我尽可能准确、清楚地讲述并写下了这段经历。小说结尾出现了彻头彻尾的幻想元素,但这并不是在逃避现实,而是恰恰相反:我想将情节推至极致,好让我想说的话——一种从拉美视角解读的当今现实——更有力地传达到读者那里,以某种方式在他们眼前爆裂迸发,让他们被迫卷入小说中,感受到自己在场。"他还在文学课上把该小说全文朗读了一遍,最后总结道:"我认为,在这类小说中,离奇元素、幻想元素的引入能让现实变得更加真实,直白的叙述和细致的描绘原本可能会让它成为一份给读者提供种种事件相关信息的报告,但并非如此,短篇小说通过自身的运作机制充分有力地反映了现实。"(《文学课》,2013)

二

"我们只要等他们来。每个人都有各自的日期和时间,但可以肯定的是,我们完全不着急……当然了,他们不可能知道我们在等他们,但我们确实在等,这些事情不能出差错,你们安心办手续……我只要求你们一件事:别把来的对象给搞错了,先调查清楚,免得出错,然后你们只管办手续就行了……通知上说了他们各自相应的手续,我们只用在那里等着就行了。"

在布宜诺斯艾利斯马萨大街的某个政府单位办事处,许多接到通知的人前来办手续。第一次来的人先得填写表格,回答问题,进去后或快或慢就出来了;几天后有些人还得来第二次,但第二次进去的人就再也不见出来……

"她当然不知道为什么,但我们知道,我们会慢慢地抽着烟,聊着天,等候她和其他人到来。"(《第二次》,收入《有人在周围走动》,1977)

"六年前,我写了一篇短篇小说(毅平按:指《第二次》),它没能在阿根廷出版,因为政府当局告诉我的编辑,如果这篇小说和另一篇——另一篇是《索伦蒂纳梅启示录》——出现在我当时正在筹备的短篇集(毅平按:指《有人在周围走动》)里(而我那时已经把书交给我在布宜诺斯艾利斯的编辑了),出版社就得承担后果(我没必要说出后

果是什么，大家只要看看报纸就知道了）。编辑自然把这件事告诉了我，这本书没能在阿根廷出版，而是完整地在墨西哥出版了，因为我绝对不会同意撤下那两篇小说以让这本集子在阿根廷出版；相反，我记得我当时略带黑色幽默地回复说，只要能在扉页上说明原因，我就愿意撤下那两篇小说，最后当然没人接受这个方案。"

招致独裁政权要求撤稿的原因是什么呢？"在我写这篇小说的时候，阿根廷政府开始采用最残忍的镇压方式，大家把它叫作'失踪'：人们突然永远彻底失去了音信，只有极少数人重新出现。根据各个国际调查委员会的统计，在过去几年里，失踪人数达到了一万五千人。对于许多阿根廷人来说，对于那些有亲人'失踪'的人来说（人们想到这个词的时候，总会带上引号，因为失踪者很久没有出现，人们不知道他有没有被抓，也没有任何他还幸存的迹象，所以人们会猜想他失踪后所有可能发生的事），失踪人口的话题是最痛苦的精神创伤。这篇小说当时不能出版也在预料之中……我写作的时候，小说确实暗含对这类失踪事件的揭露指责……这一点在这篇小说中以一种相当令人胆寒的方式体现出来。"（《文学课》）——1983年阿根廷独裁政权垮台后，成立了全国失踪者调查委员会，由阿根廷作家萨瓦托担任主席，调查报告《永不重演》长达五万多页，记录了近九千人的失踪、绑架案件，以及这些人所遭受的各种酷刑。萨瓦托后来回忆说：

"调查报告要由打字员誊写出来,后来他们大哭着说无法继续这项工作了,我们只能将他们替换掉。"(《终了之前》,1998)

这次独裁政权对于科塔萨尔小说的插手干预,导致《有人在周围走动》最终没能在阿根廷出版,这对科塔萨尔的打击非常大,让他感到真正的流亡开始了。"以往我从来没有过那么深刻的感受,直到那一天,我得知我的一本书无法在阿根廷出版(这种事常常发生在流亡作家身上),由此,我痛心地意识到,我和我的同胞之间的桥梁被切断了,而那座无形的桥梁曾跨越时间和距离,把我们连在一起。让人最难以忍受的真正的流亡从那时开始了,读者与作家被迫分离的孤独开始了。"(《现实与文学,以及必要的价值颠覆》,《文学课》附录)

但同样可以肯定的是,借助这样的现实事件,科塔萨尔可以确信,自己没有置身事外,自己也在参加战斗,以他自己的方式,以他擅长的文学。

三

同样旅居巴黎的雕塑家打电话给作家,跟作家说起一本刊登他新作照片的书,让作家写一段配图文字。在提出这个要求前,他一直都有所犹豫,因为作家有着非常忙碌,也可

能是自私——总之是个沉浸在自己世界中的作家——的名声（多诺索夫人塞拉诺在《"文学爆炸"的家长里短》一文里说："据说科塔萨尔既不接受亲切，也不给予亲切……他们对我说，遇到困难时从来不找他……他也不把自己的问题托付给这些人。"看来科塔萨尔也知道自己的这一名声）。作家说得先看一下他的雕塑作品，于是作家去了他在里凯街的公寓。那是一系列的小雕塑，主题是人像狼一样栖息其中的所有政治领域和地理疆域的暴力。作为两个阿根廷人，眩晕的回忆再次翻腾，通过电线、信件和突然的沉默，恐惧日益堆积。他对作家说："我们的回忆中承载了太多鲜血，有时为了免于被它彻底淹没，我们去限制它、疏导它，却会使自己觉得愧疚。"作家对他说，自己对此太了解了。作家给他读了一篇剪报，是作家来他家前刚收到的，夹在朋友写给作家的信中，内容是发生在阿根廷的残暴事件，作家认识在这份剪报上签字的女人，上面写着："他们只让我看了我女儿被割断的双手，它们被装在玻璃瓶里，上面标着数字'24'……"所有关于恐惧的表达都已被穷尽且显得粗俗不堪，雕塑家和作家陷入了虚弱的脱力状态。

"你看到了，这一切毫无用处，毫无用处，我花了几个月时间做这些垃圾，你在写书，而那个女人在揭露暴行，我们去国会、去圆桌会议抗议，我们差点就相信了事情正在好转，然后你只要阅读两分钟就能再次发现真相……"雕塑家说。

"嘘,我也正想着类似的事情,但如果我接受这就是真相的话,那就相当于我给他们发送了一份拥护他们的电报,而且,你非常清楚,明天你会起床,然后会做下一个雕塑,与此同时你也知道,我正坐在我的打字机面前,你会想,我们才是多数,虽然实际上我们人数极少,力量的差距不是且永远不是保持沉默的理由。"作家说。

"而我在千里之外的此地,和编辑讨论印刷雕塑作品的照片该使用哪种纸、哪种格式和封面。"

"呵,亲爱的,这几天我在写一篇短篇小说,里面只谈到了一个青春期女孩的心、理、问、题。你别自我折磨了,我认为,现实生活的折磨已经足够了。"

"我知道,我知道,该死的。但总是旧戏重演,我们总得承认这一切都发生在另一个地方、另一个时间。我们从来没有也永远不会身处那里,那里或许……"

作家离开了雕塑家的公寓,失魂落魄于深夜巴黎的街头,遇见一个正在哭泣的小女孩,"我爸爸正在对我妈妈做坏事",作家跟着她去了她家的小破屋,她父亲正在对她母亲施虐。作家打昏了那个施暴的野兽,帮助她母亲把他绑了起来……破碎的画面又从剪报中浮现,怎么才能知道这持续了多久,怎么才能明白自己站在了正义那边……

翌日傍晚,作家给雕塑家打了电话,向他说了发生在自己身上的事,并说这就是配图文字了,等整理好后就寄给他。

过了几天，作家收到了雕塑家的一封信，里面有一张信纸和一份剪报。剪报上是马赛郊区发生的一桩惨案，其中离奇的案情和恐怖的场景，跟作家那天晚上经历的一模一样。在信里，雕塑家感谢作家为他的雕塑图册配的文字，虽然内容古怪，但灵感来源于现实，甚至来源于犯罪新闻，作家的选择让世界幸运地获得了一位出色的作家。（《剪报》，收入《我们如此热爱格伦达》，1980）

作家在巴黎亲历之事其实发生在马赛，这是典型的科塔萨尔式的时空穿越术；但从无力感到行动派的心理变化过程，却真切地再现了拉美作家的心路历程，也会让怀抱同样苦恼的读者触动心事：在灾难面前的无力感实在是太普遍了，但放弃本职投入实际行动又得不偿失……这正如塞尔卡斯的《萨拉米斯的士兵》（2001）里波拉尼亚所说的："失败的作家都是行动派。要是堂吉诃德写了骑士小说，哪怕只写了一本，他也不再是堂吉诃德了。我要是不会写东西的话，可能现在正跟着哥伦比亚革命武装力量打仗呢。"——以此类推，失败的学者也是行动派吧。

四

人们纷纷给科塔萨尔贴标签，说他写的小说都是"幻想小说"。但在1967年9月5日的一次访谈中，马尔克斯却拍

胸脯保证说，科塔萨尔的小说所言皆实："肯定有人认为科塔萨尔的故事纯粹是幻想，是对现实的扭曲；但只需要去一趟布宜诺斯艾利斯你就会发现，那座城市里到处都是科塔萨尔笔下的人物和场景。你真的能够看到人们独自在街上手舞足蹈。所有人都疯了。是他笔下的那种疯狂。"(《两种孤独》，2021)

那么，科塔萨尔的作品反映了拉丁美洲的现实吗？在1967年9月7日与略萨的对谈中，谈到科塔萨尔那些所谓的"幻想小说"时，马尔克斯说："有种普遍的看法认为科塔萨尔不是拉丁美洲作家，我曾经也持相同看法。可是这次一到布宜诺斯艾利斯，我就改变了那种有点'保守'的想法。布宜诺斯艾利斯是一座……巨大的欧洲化城市，在了解它之后，我觉得自己仿佛置身于科塔萨尔的某本书中。换句话说，科塔萨尔书中的那些看似欧洲化的东西本来就是欧洲的东西，因为布宜诺斯艾利斯受到了欧洲的巨大影响。走在布宜诺斯艾利斯街头，我感觉科塔萨尔笔下的人物随处可见。"(同上)略萨回应马尔克斯说，拉丁美洲的社会和政治现实中的基本问题，在科塔萨尔的作品中只有间接、寓言式的描写，而在《百年孤独》中则得到了非常客观的体现。

科塔萨尔本人也谈到过，南美洲的南部地区，也就是所谓的"南锥体"地区，如乌拉圭、阿根廷、智利等，与中美洲及南美洲北部地区，如墨西哥、厄瓜多尔、秘鲁等，有着

巨大的文化差异：后者有深厚的土著文化土壤，如墨西哥的玛雅文明、阿兹特克文明，厄瓜多尔、秘鲁的印加文明；而早在西班牙征服时期及之后很短的时间内，前者的土著文化就很快被清除毁灭殆尽了。（《文学课》）马尔克斯表达的其实也是类似的意思。

两次访谈，都是1967年9月之事，在那之前，拉丁美洲的社会和政治现实中的基本问题，除了向切·格瓦拉致敬的《会合》等个别作品外，在科塔萨尔的作品中的确可能只有间接、寓言式的描写（也许略萨指的是《被占的宅子》这样的作品，它被解读成对庇隆专制政权过分操控社会的隐喻），但在那之后，在他的作品中还是有更为直接、尖锐的描写的，如本文所举的《索伦蒂纳梅启示录》《第二次》《剪报》，以及《有人在周围走动》《"黄油"之夜》《涂鸦》等，更不消说《曼努埃尔之书》《方托马斯大战跨国吸血鬼》了。入籍法国、定居巴黎的科塔萨尔，从来没有置身于拉丁美洲的现实之外。

当然他也有自己的盲区。就像许多人一样，对于某一方面的关注，让他忽略了另一方面。还是在《"文学爆炸"的家长里短》（1982）一文里，多诺索夫人塞拉诺说："科塔萨尔在政治上很热情，就像那些戴着护眼罩的马一样，只看前面的那一条路。有一次翻译他作品的女译者从布拉格来到波兰，她在布拉格目睹了苏联坦克开进城，她很痛心地谈起

这件事。他不肯听她的,他对她说,他为了'能够生活',必须保持纯洁的革命信仰。"——可萨特、波伏瓦们不都是这样吗?就连马尔克斯也是这样的。然而科塔萨尔并没有得到相应的回报。"科塔萨尔对古巴天堂充满向往,他认为自己是革命计划中的一员,但他不知道古巴人并没有把他算在内。"(《从马尔克斯到略萨:回溯"文学爆炸"》)他写了长诗《虎狼时刻的政治批评》(1971),又一次展示了自己幼稚单纯的一面,朋友们读后都想着他疯了。"那就是科塔萨尔,一个长着一双大手的很孩子气的人,他根本不清楚魔鬼可以把手伸得多么远。"(同上)——马尔克斯对他外貌印象最深的也是"一张娃娃脸":"他一直在长,却一直如出生时那般模样,直到去世前两星期,还像一个年华永驻的不老传奇。"(1984年2月22日在墨西哥城美术馆的演讲《人见人爱的阿根廷人》)加莱亚诺也说:"年近七十时,他是一个同时拥有全部年龄的孩子。"(《火的记忆 III:风的世纪》,1986)

(略萨《普林斯顿文学课》,侯健译。埃斯特万、奎尼亚斯《从马尔克斯到略萨:回溯"文学爆炸"》,侯健译。科塔萨尔《有人在周围走动》《我们如此热爱格伦达》《文学课》,林叶青译。加莱亚诺《爱与战争的日日夜夜》,汪天艾译;《火的记忆 III:风的世纪》,路燕萍等译。萨瓦托《终了之前》,侯健译。多诺索《"文

学爆炸"亲历记》,段若川译。马尔克斯、略萨《两种孤独》,侯健译。塞尔卡斯《萨拉米斯的士兵》,侯健译。马尔克斯《我不是来演讲的》,李静译。)

2024年2月4日

英雄所见略异

一

1973年9月11日,皮诺切特发动政变,空军轰炸了总统府,阿连德总统遭杀害。皮诺切特上台后,实施独裁统治,四万多人遇害,两千多人失踪,上百万人流亡。到了1983年5月,爆发了第一波街头抗议,其后反复持续了一整年。抗议遭到了血腥镇压,当局提前启动了戒严令。皮诺切特威胁说:"再这样闹下去,我们要再搞一场'911'行动!"

早在"911"的两年前,在1971年6月3日的一次访谈中,马尔克斯就预见到了这一天:"智利正走向暴力和戏剧性事件。如果人民阵线继续往前走,那么这个时刻将会来临,他们会遇到一堵严重反对的墙。眼下美国并没有干预,但它不会总是袖手旁观的。它不会真的接受智利是社会主义国家。它不会允许的,别让我们对这一点抱有幻想吧。"(《马尔克斯访谈录》,2006)事情的发展果然不出其所料。

"奄奄一息的诗人聂鲁达询问这场恐怖行动的新消

息……自从在广播里听到了阿连德极具尊严的告别演说，诗人就陷入了临终的痛苦。"（《火的记忆Ⅲ：风的世纪》，1986）加莱亚诺对于聂鲁达的痛苦感同身受，他的祖国不久前刚经历了同样的灾难。"置我的伟大朋友阿连德总统于死地的不齿于人的事件发生后仅仅过了三天，我就为我的回忆录写下这几行急就章。他的被害是不让声张的；他被秘密埋葬，只有他的遗孀获准陪伴那具万世流芳的遗体……那位光荣死者的躯体被再次背叛了祖国的智利士兵的机枪子弹打得百孔千疮、支离破碎。"（《我坦言我曾历尽沧桑》，1974）"911"后仅仅过了三天，聂鲁达如此哀悼他那位伟大的朋友，以此结束了他的回忆录，并口述了回忆录的结语。又过了九天，他就去世了——也许就是被"911"气死的。"在世上任何地方，都有面包、稻米、苹果；在智利，只有铁网、铁网、铁网。"聂鲁达这样哀叹他那不幸的祖国。

"我会读智利的消息，这是另一场噩梦，读完之后任你用什么样的牙膏也无法清除嘴里那股恶臭。"（《就在那里，但究竟是哪儿，又是怎么》，收入《八面体》，1974）客居巴黎的科塔萨尔在政变发生时这样写道。

还记得远在太平洋此岸，当年还是中学生的我，被政变消息震惊的情景，宛在目前，就像是一道青春的伤痕。

二

1985年初,被列入五千个严禁归国者名单的智利电影导演米格尔·利廷,在流亡海外十二年后,经过乔装打扮秘密潜回祖国。他在智利待了六个星期,拍摄了长达三万二千二百多米的胶片,记录了其祖国遭受十二年军事独裁统治的现状。这次地下行动的成果是一部长达四小时的电视片和一部两小时的电影。米格尔本人曾说过:"这不是我此生最英勇的行动,却是最值得做的事。"

飞机在圣地亚哥机场降落,舱门开启,外面一片死寂。候机大楼的外墙上,挂着一行蓝色巨幅标语:"智利在秩序与和平中前进。"乘出租车驶往城区的路上,触目所见一派现代化景象。但灵魂就写在行人的脸上,没人讲话,没人看着确切的方向,没人打手势侃侃而谈,也没人满面笑容。没有一个人不是躲藏在深色外套里,以防任何细微的动作泄露了内心,仿佛每个人都孤零零地行走在一座陌生的城市里。街上尽是空白的面孔,什么也不流露,连恐惧也没有。只有三三两两的人在角落里交谈,把声音压得很低,以免隔墙有耳,被暗探听见。宵禁以后,整座空寂的城市没有一丝声响,就是宵禁期间那种恐怖的死寂。(《米格尔在智利的地下行动》,1986)

据科塔萨尔说:"马尔克斯曾经宣布,如果皮诺切特不

下台，他就不会再发表任何文学作品——幸好他已经开始改变主意了，因为正是为了要让皮诺切特下台，我们才必须继续书写、继续阅读文学作品。"（《现实与文学，以及必要的价值颠覆》，《文学课》附录）马尔克斯"改主意"的直接成果，也许就是这部《米格尔在智利的地下行动》？——不过，马尔克斯后来又"改进"了关于皮诺切特不下台他就封笔的说法，让人搞不清楚其前后说法孰真孰假，参见本书《活着为了虚构》篇。

三

在皮诺切特政变的九年后，在米格尔行动的三年前，1982年，三毛访问了智利。出了智利海关，首先遇到的就是各种冷漠和不耐烦。"这儿的人像医生，不肯多讲话。"上了出租车，司机是个讨厌华人的家伙。"你的同胞在智利越来越多了。""都是小气鬼，一毛不拔的。""死要钱，赚那么多有什么用，不知享受生命的！"说好的价格翻脸不认账了，还差点把他们的皮包卷走。"初抵智利，这一场惊吓固然是自己的粗心，可是那份委屈，却是机场便受了下来的。"接下来，在餐馆，在商业区的长椅上，在旅行社，她一再受到无礼对待。"没踏上智利的土地三小时，不愉快的人大概都碰全了。"这些问题米格尔好像没碰到过，它们也是独裁

统治的副产品吗？但三毛的解释是种族的，而不是政治的："那一夜切切地想念秘鲁和玻利维亚，那儿的百姓手足似的亲密，住了一个多月也没不愉快，没有印第安人的地方便是不同了。"

不过三毛的观察有一点却与米格尔相同："走了好大一圈，大都市内车水马龙，每一个人都很匆忙，衣着极考究，相对地神情也冷漠了。"但估计她的解释仍会是种族的。

她在圣地亚哥所见所闻，旧城气派，新城摩登，市场丰丰盛盛，街头不见穷人，宛然盛世安稳。这些观感，她在广场坐着时与一个青年人说起，他完全不同意她。

"你看见的智利是表象的！"

"才来三天，只能看见你们的市面和人民，就算是表面的，也要露得出来，其他的国家民风不说，经济的不景气、贫富的不均衡便是游客也瞒不住的。"

"没有政治自由。"

她手上恰好买了当天的报纸，翻出一段来，指着大标题笑问这人："你们明指自己的总统政治谋杀，却拿不出证据，这家报纸明天照样出刊，是不是自由？"

那个青年大学程度，在一家银行做事，听她如此解释自由，几乎被她气死。（《智利五日》，收入《万水千山走遍》，1982）

考虑到中国台湾地区到1987年才解除"戒严"，则三毛

1982年对"自由"的认知也就可以理解了,因为那样的报纸在当时的台湾地区是无法生存的。根据有关统计,自1950年到1987年为止,台湾地区共发生近三万件与政治相关的案件,涉案人数达十四万,其中约有三四千人遭到处决。

一样的风景,不同的眼光,英雄(雌)所见略异。

(贝尔-维亚达《马尔克斯访谈录》,许志强译。加莱亚诺《火的记忆Ⅲ:风的世纪》,路燕萍等译。聂鲁达《我坦言我曾历尽沧桑》,林光、林叶青译。科塔萨尔《八面体》,陶玉平译;《文学课》,林叶青译。马尔克斯《米格尔在智利的地下行动》,魏然译。)

2024年2月5日

两个世界

一个智利人,名叫海梅,一个英国人,名叫约翰,两人是同学,相识于圣地亚哥一所学校的少儿班,后来一直同班到高中毕业。他俩虽谈不上是朋友,但关系一直比较亲密。约翰的父亲是一家大公司在几个国家的代表,每隔几年就要搬家,因为受公司的派遣,要四处活动,居无定所就很自然了。约翰从小离开英国,来智利之前,在牙买加待过几年。高中毕业后,约翰很快就会离开智利,因为遵照公司指示,全家前往南非的开普敦。毕业晚餐后,两人互留地址,承诺通信。此后十年里,他俩时有书信往来,得以了解彼此情况。

有段时间,约翰住在父母身边,在开普敦。可他天性好动,穿越南非大草原和原始森林,顺访罗德西亚,独自一人去寻找财富,最后定居在了肯尼亚,还结了婚,买了土地,成了种植园主,打算在那里度过余生。他守护着那几英亩玉米地,欣赏着自己的子女如何跟树木和当地土著一起长高,分享像他一样的理念和偏见。三十岁那年他写了一封信,但一直没能寄到海梅手里,因为它被错投给了古巴圣地亚哥智利大街

上的另一个海梅。

在错投到了古巴的那封信里,约翰介绍了自己父母的情况。他父亲几年前从公司里退休了,他在牙买加首都金斯顿、智利港口瓦尔帕莱索、南非港口开普敦都做过公司代表。他在开普敦的地位非常优越,人人都尊敬他们夫妇,他们有绝佳的社交圈子,还有一栋面向大海的住宅,位于开普敦的高级住宅区。可他们不愿意在那儿颐养天年,退休后非要在约克郡的一个小镇上买了个农舍,因为他们是在那儿出生、相识和结婚的。他们幸福地住在那儿,好像从来就没有离开过。

约翰熟悉那个小镇,因为他退伍的时候,出于好奇而非兴趣,也因受到亲戚邀请,曾回英国老家度假。他发现英国的一切都脏乱拥挤而又破旧不堪,气候让人难以忍受。他也没想到小镇是那么难看,村里人都很穷,他的亲戚们也不例外。他没法跟这些又土气又俗气的人生活在一起,也没法住在那个肮脏破旧的小镇上,那里有座矿山,周围全是发臭的工厂。他就不明白了,他父母怎么会生活得愉快呢?他患上了幽闭恐惧症,便急急忙忙返回了肯尼亚。

约翰也想过,自己像父亲那样到了退休年龄,会不会知道自己该上哪儿去呢?他离开欧洲时年龄尚小,所以对于欧洲没有感情;金斯顿不在考虑范围内,因为一切都已遥远模糊;住在智利也会不知如何是好,因为所有朋友都已各奔东西;况且他妻子是肯尼亚人,想想遥远的美洲就害怕;或许

开普敦是个解决办法,在海边买房,加入俱乐部交上几个朋友——这本来也是他父母可以有的选择之一。

但约翰没能活到像他父亲那样的退休年龄,若干年后,在肯尼亚土著反抗英国殖民者的暴动中,约翰一家子都被杀害了,住宅和粮食被付之一炬,大火照亮了非洲的夜空。

在约翰父子两代人身上,可以看到殖民主义的变迁史,新旧两个世界间的鸿沟,以及面对变化的世界的无所适从。对于约翰父亲来说,走遍世界不如故土;但对于约翰来说,英国是回不去了,美洲没有归属感,非洲充满了希望,却又暗藏着危险……

约翰的老同学海梅呢?他在智利发展得很好。他给约翰写出的最后一封信,日期与约翰写的那封差不多,但还没寄出就自己把它撕了。在那封信里,他庆幸自己生活在智利,在这个世界角落的国度里,远离了燃遍欧洲的战火:"啊,对了,我记得你打过仗。你给我讲过那个被破坏的世界是多么令人恶心。我那时庆幸自己活在智利,活在这个笼子里,远离那人类悲惨的经历。我天天看报,详细了解情况,关心战斗的轰鸣声。可是就连战争也没有打动我。为什么呀?也许你知道答案。"他永远也不会知道,不久之后,非洲的风暴就把约翰的骨灰吹散到世界各处的天空中去了。(《两封信》,1954)

庆幸自己生活在没有战火的智利的海梅,以及写着他和

约翰的命运故事的多诺索,同样也不会想到,多年以后,智利会遭遇 1973 年的那场血腥政变,此后将长期处于独裁统治之下;而在那场血腥政变之前,智利还是拉丁美洲硕果仅存的三个非独裁国家之一。多诺索后来写了富于象征色彩的《别墅》(1978),马尔克斯写了《米格尔在智利的地下行动》(1986),都直接或间接地反映了独裁时期智利的残酷现实。对于海梅和多诺索来说,他们的庆幸没能持续多久;无论是旧世界还是新世界,都同样不会有安居之地。

同样庆幸活在了新世界,可庆幸没能持续多久的,还有阿根廷的科塔萨尔。"在布宜诺斯艾利斯,我远距离地经历了西班牙内战……1939 年至 1945 年期间,同样是在布宜诺斯艾利斯,我经历了第二次世界大战……我们从没有想过,西班牙的战争会直接影响到我们阿根廷人、影响到我们每一个个体;我们从没有想过,即使阿根廷是中立国,第二次世界大战也会影响到我们。"(《文学课》,2013)然而远离旧世界的战争的阿根廷又如何呢?还不是陷入了长期的独裁统治而难以自拔。

另外,那种活在世界角落里、活在笼子里的感觉,与多诺索同为智利人的聂鲁达也表达过:"在欧洲、亚洲或是美国,也许会有人对我的诗歌感兴趣,他们或许觉得,智利这个国家又长又细,就像一颗小行星,要是从天上看,在世界版图上几乎都看不见它。"(《我坦言我曾历尽沧桑》,1974)

那种感觉不仅出现在智利作家的笔下，也出现在哥伦比亚作家的笔下："远在飞机与炸弹之前，远在关于引渡的论战之前，那时他（大毒枭埃斯科瓦尔）仅仅是一名赛车手，一个来自世界边角小国的外省小伙，一个从事着与那刚刚露出苗头的运输活动全不相干的生意的年轻商人。"（《坠物之声》，2011）——领土面积一百多万平方公里的哥伦比亚，在作者的心目中不过是个"世界边角小国"！

甚至位于南北美洲之间的中美洲，也自认为处于世界边缘的边缘。在2019年7月的一次访谈中，萨尔瓦多作家莫亚说："在掌控这个世界的新型法规秩序中，在全球对资本的需求、对原材料和技术发展的需求中，中美洲国家完全没有存在感，没人对我们有兴趣……我们被剩了下来，没人在乎我们的死活……除了巴拿马，我认为其余的中美洲国家都注定被遗忘。我们一直处于世界边缘的边缘，这是我们的宿命。"（《错乱》代译后记）

1940年就流亡到巴西的茨威格，曾庆幸自己远离了欧洲的战火，可不久后还是夫妻双双自杀了，让世人扼腕其最终未能躲过大劫。对拉丁美洲生活环境的难以认同，活在世界角落里、活在笼子里的感觉，应该也是导致其悲剧的原因之一吧。（参见拙稿《昨日的世界》，收入拙著《中西草》）

即使活在世界角落里、活在笼子里，仍逃不脱旧世界曾发生过的一切。"逝将去汝，适彼乐土。"在这个动荡不安

而又千变万化的世界上,还有何处会是一个人可以安居的乐土呢?

(多诺索《避暑》,赵德明译。科塔萨尔《文学课》,林叶青译。聂鲁达《我坦言我曾历尽沧桑》,林光、林叶青译。巴斯克斯《坠物之声》,谷佳维译。莫亚《错乱》,张婷婷译。)

2024年2月7日

最讨厌的书

在《活着为了虚构》那篇中我们曾提到，年轻一代哥伦比亚作家巴斯克斯不买老前辈的账，公然指称马尔克斯在关于《百年孤独》（1967）的开头上"撒谎"（新版《对谈：拉丁美洲小说》前言《被寻回的文字》，2019），其犀利的眼光和一针见血的断语让人大呼痛快；而在此前的《坠物之声》（2011）里，巴斯克斯也曾用揶揄调侃的另类方式，向老前辈及其《百年孤独》致敬。

来自美国的和平队志愿者伊莱恩，要从利马转移到拉多拉达去，波哥大的房东一家送她上火车。房东胡里奥先生一直等到上了月台，才将礼物——一本书——展示出来，在熙来攘往的人群中，在擦鞋匠的吆喝与乞丐的乞讨声中，他介绍说这书是一个新闻记者写的，前几年就出版了，不过现在还在卖，写书的家伙是个粗野的人，可书据说还不坏。伊莱恩撕下包装纸，只见封面上是九个蓝色的八边形框，框里有铃铛，有太阳，有弗里吉亚无边便帽，有简笔画的花，有画着女人脸的月亮，有被胫骨交叉穿的骷髅，还有跳着舞的小

鬼，一切都给人以一种荒谬与廉价之感，它的书名《百年孤独》也有一种过分夸张之感。胡里奥先生伸出长长的指甲，在书名最后一个单词里的字母"E"上指点了一下，说这个字母是反的。"我是买完才发现的，"他辩解道，"要是您觉得不妥的话，咱们可以试着换一本别的。"伊莱恩忙说没有关系，说她可不想为了一个愚蠢的印刷错误而在火车上没有书读了。

然而过了一段日子，在给祖父母的信中，伊莱恩写道："拜托给我寄些书吧，夜里无聊极了。我手边就只有一本房东先生送的书，我努力读了，我发誓真的努力去读了，可里面的西班牙文实在是太难了，而且所有的人都叫同样的名字。这是我这么久以来读过的最讨厌的书，封面上甚至还有印刷错误。骗人的吧，还说已经印刷了十四次，居然都没有改过来。想想看，你们就快读上格雷厄姆·格林的新作了。真不公平啊！"

关于书名最后一个单词里的字母"E"是反的，马尔克斯自己有一个解释："去年，某文学老师通知我一个好朋友的小女儿，她的期末考试题目将会和《百年孤独》有关。自然，小姑娘被吓坏了，不光是因为她没读过这本书，还因为她另有好几门更难对付的课程要兼顾。幸亏她的父亲接受过比较系统的文学培养，对诗歌的理解感受也优于常人，为她制订了一个水平相当高的强化培训计划，以保证姑娘后来去考试时这方面的知识比她的老师还要强出许多。不过，老师向她

提出了一个完全出乎她意料的问题：《百年孤独》这本书的书名里出现了一个反着印刷的字母，这是为什么？老师指的是布宜诺斯艾利斯发行的那一版，封面由画家维森特·罗霍设计，确实有一个字母是反着的，那是他受到绝对独立的灵感启示设计出来的。小姑娘当然回答不出这个问题。我把这件事告诉维森特·罗霍的时候，他说换了他也一样回答不出来。"（《让诗歌成为孩子们力所能及的事情》，1981）

巴斯克斯或许利用了马尔克斯提供的这个段子，让房东和伊莱恩误以为反着的"E"是个印刷错误，并且自以为比作者、设计者及出版社还要高明，其不懂装懂与马尔克斯说的那个文学老师半斤八两。这也是一般读者往往会走的两个极端：要么故作高深地索解作者的微言大义，要么自以为是地认定自己比作者更为高明。

关于"里面的西班牙文实在是太难了"，是因为马尔克斯在《百年孤独》中使用了许多加勒比方言——想当年《恶时辰》（1962）在西班牙的出版风波就与此有关。伊莱恩作为一个在当地现学现卖的志愿者，西班牙语水平本来就高不到哪儿去，《百年孤独》里的方言对她来说当然更难对付了。在1972年的一次访谈中采访者提到，《百年孤独》的英译者拉巴沙把马尔克斯的西班牙语描述为："经典的西班牙语，非常清晰。他并不搞乱句法。某些本地话确实是悄悄混了进来，混进了对话当中，可他并不是一个实验者。他的用词恰到好处。

我会把他的语言和塞万提斯的相提并论。"(《马尔克斯访谈录》,2006)可见还是伊莱恩自己的西班牙语不行。

关于"所有的人都叫同样的名字",早在1967年9月5日的对谈中,略萨就曾问过马尔克斯同样的问题:"你的书里有个细节曾让我很惊讶,《百年孤独》里几乎所有的人物都和别人重名,所有这些名字都重复出现。男人们叫何塞·阿尔卡蒂奥或奥雷里亚诺,女人们则叫乌尔苏拉。这是为什么呢?这是有意为之,还是说是某种下意识的写法呢?""好吧,我提到这个细节是因为你给我介绍你弟弟时让我吃了一惊,因为他也叫加夫列尔,和你同名……"马尔克斯解释了这是怎么回事:"你看,我是十二个兄弟姐妹里的老大,我十二岁就离开了家,再回家时已是大学生了。我弟弟就是在那期间出生的,于是我母亲说:'好吧,我们失去了第一个加夫列尔,但我还是希望家里有个加夫列尔。'"(《两种孤独》,2021)多年以后,门多萨也提到了这个问题并作了很好的总结:"我不想再问你别人问过你多次的问题,即为什么书中出现了那么多的奥雷里亚诺,那么多的何塞·阿尔卡蒂奥,因为众所周知,这是一个极富拉丁美洲特色的命名方式。我们祖祖辈辈名字都大同小异。你们家的情况就更加出奇,你有一个兄弟,名字跟你一样,也叫加夫列尔。"(《番石榴飘香》,1982)这确实是一种极富拉丁美洲特色的命名方式。比如在鲁尔福的《燃烧的原野》(1953,1970)里,

有两个儿子都叫"何塞"的(《燃烧的原野》),有父子同名都叫"皮琼"的(《燃烧的原野》)、都叫"欧雷米奥·塞迪略"的(《玛蒂尔德·阿尔坎赫尔的遗产》);在富恩特斯的《玻璃边界》(1995)里,有父子同名都叫"福尔图纳托"的——作为美国人的伊莱恩当然不了解了。但顺便说一句,这也不只是拉丁美洲才有的命名方式,这种命名方式对我来说就一点都不陌生,因为我祖母就是这样称呼我们兄弟的:大阿平、二阿平、小阿平……《百年孤独》到了最后,阿玛兰妲·乌尔苏拉表示,她要生下两个野性十足的儿子,分别叫作罗德里戈和贡萨洛,绝不叫奥雷里亚诺和何塞·阿尔卡蒂奥,意思是要打破代代同名的命名方式,但她丈夫奥雷里亚诺坚决反对:"不,要叫他奥雷里亚诺,他会打赢三十二场战争。"——搞笑的是,罗德里戈和贡萨洛正是马尔克斯两个儿子的名字。不仅如此,他俩的母亲、马尔克斯的妻子梅塞德斯也出现在了《百年孤独》里,是一个脖颈纤细、眼神迷离的少女,在马孔多开了一家药房,是加大列尔(马尔克斯)沉静的女友。

此外,作为美国人的伊莱恩看不起马尔克斯,羡慕祖父母能读到格雷厄姆·格林的新作,在那个时候似乎也是理所当然的。伊莱恩到哥伦比亚做志愿者是1969年,《百年孤独》刚出版了两年,英译本要到翌年才在美国问世,马尔克斯虽开始声名鹊起,但其时格林名声如日中天,尤其是在西方和

英语读者眼里,马尔克斯还难望其项背。哪怕是马尔克斯自己,早在大学时代就开始读格林了,格林是他读得最多、最认真的作家之一。他自认在探索热带的奥秘方面,格林是对他帮助最大的作家之一。特别是在《恶时辰》里,这一点更显而易见。(《番石榴飘香》)就在他获得诺奖前不久,还在为格林没得诺奖抱不平:"几年前,在一起东拉西扯的时候,我对格雷厄姆·格林当面表示过,像他这样一位作家,著作如此丰富又有极强的原创性,却没有被授予诺贝尔奖,我感到困惑而且不悦。'他们永远也不会给我这个奖的,'他对我讲这句话的时候神情特别认真,'因为他们认为我不是一个严肃的作家。'"(《诺贝尔奖之幽灵》,1980)伊莱恩其实与马尔克斯口味相当。

在伊莱恩及其房东眼里,《百年孤独》几乎一无是处:作者是个粗野的记者,书名有过分夸张之嫌,封面设计显得荒谬廉价,里面的西班牙文实在难懂,书中人物都叫同样的名字……巴斯克斯在一个短短的桥段中,通过伊莱恩及其房东的反应,把围绕《百年孤独》的各种八卦,令人发噱地整合在了一起,呈现了一般人对于名著的误解,马尔克斯逐步成名的艰辛历程。就这样,通过栩栩如生地刻画附庸风雅的读者,巴斯克斯向文坛前辈及其杰作致了敬。

"写《百年孤独》的日子里,我做过许多梦。但我做梦也没想到,它会一版发行一百万册。一百万人决定去读一本

全凭一人独坐陋室,用二十八个字母、两根指头敲出来的书,想想都觉得疯狂。今天,西班牙王家语言学院又决定将一本已经在百万读者面前晃过无数次的小说再版发行一百万册,把我这个睡不着觉的写书匠着实吓了一跳,到现在都没恍过神来。这不是,也不能算是对作者的承认。"(2007年3月26日在卡塔赫纳第四届西班牙语国际会议开幕式上的演讲《敞开心扉,拥抱西语文学》)

马尔克斯大概做梦也不会想到,在他的一百万个读者里,还会有巴斯克斯笔下的那种读者,他们赞同他上面说的最后一句话,甚至认为《百年孤独》是自己读过的最讨厌的书。

(巴斯克斯《坠物之声》,谷佳维译。马尔克斯、略萨《两种孤独》,侯健译。马尔克斯、门多萨《番石榴飘香》,林一安译。马尔克斯《回到种子里去》,陶玉平译;《百年孤独》,范晔译;《我不是来演讲的》,李静译。贝尔-维亚达《马尔克斯访谈录》,许志强译。鲁尔福《燃烧的原野》,张伟劼译。富恩特斯《玻璃边界》,李文敏译。)

2024年2月9日

坠物之声

一

马尔克斯的《一起连环绑架案的新闻》(1996),写了大毒枭埃斯科瓦尔的末日;巴斯克斯的《坠物之声》(2011),写了哥伦比亚贩毒产业的初起——如用略萨式的表达来说,大概哥伦比亚就是从那时开始倒霉的。读马尔克斯的书,可能会对大毒枭多一分了解,从而也容易多一分谅解——在1996年4月的一次访谈中采访者提到,最新一期《新闻周刊》认为,《一起连环绑架案的新闻》这本书说明,马尔克斯在内心深处是敬佩埃斯科瓦尔的。马尔克斯则反驳说,不能把客观性和敬佩之情混为一谈:"可以肯定的是,我会站在他的立场上思考问题,这样就能公平地对待他了。优秀的报道中是既不能有好人也不能有坏人的,只有具体的事实,这样读者就能得出自己的结论了。"(《马尔克斯访谈录》,2006)在2017年7月6日的一次访谈中略萨也说:"我确定对他来说,创造一个像'矮子'古兹曼或巴勃罗·埃斯科瓦

尔这样的人物的想法和创造像菲德尔·卡斯特罗或托里霍斯那样的人物的想法具有同样的吸引力。"（《两种孤独》，2021）——但读巴斯克斯的书则不会，正好可以换一个角度来看，看那一代人所受到的影响。因此，如果把两人的书参照着读，应该会是个不错的主意。

比如在马尔克斯的书里，埃莱罗斯神父为劝降大毒枭立下了汗马功劳，因为大毒枭只认埃莱罗斯神父；但是在巴斯克斯的书里，却讽刺了埃莱罗斯神父："（漫画家）马亚里诺曾经在那个时期的某幅漫画中将埃斯科瓦尔与他最近一次恐怖袭击的受害者画在一起。埃莱罗斯神父穿着教士服从一侧探头，对他说：'亲爱的，别担心。不管怎样，我知道你是好人。'"（《名誉》，2013）

之所以会给读者带来不同的阅读感受，是因为巴斯克斯是一个70后作家，具有70后那代人所特有的成长经历。他们是"同飞机一道出生，同满载着包裹、满载着装了大麻的包裹的飞行一道出生的一代，同'反毒战争'一道出生、随后又见证了这场战争的结局的一代"（《坠物之声》）。他们也是受污染的一代，经历了这个国家的灾难，生活于那个艰难的时世，在恐怖的80年代成长，见证了那段特殊的历史。

上篇提到的美国志愿者伊莱恩，1969年底刚到哥伦比亚时，还在家信中抱怨，波哥大是一座无聊的城市，是个什么事情都不会发生的地方，但在后来的家信中，她就几乎是惊

呼了:"没有人告诉过我波哥大会变成这样!"

那代人的童年时代,暂时还算风平浪静。"在80年代初期,恐怖主义还没兴起,人们还没什么搬离城市的理由。"(《名誉》)"哥伦比亚是出产逃离者的地方,事实如此,可到了今天我想要知道,究竟他们当中有多少人同我一样出生于70年代早期,有多少人同我一样度过了安宁的、受保护的,或者至少是未被搅扰的孩提时代,又有多少人走过青春就变成了畏缩怯懦的大人,而与此同时,城市就在他们周遭陷入了恐慌,陷入了枪击与炸弹爆炸的喧哗,尽管从来都无人宣战——就算有,至少那也不是常规的战争。"(《坠物之声》)其实,"四一九运动"的恐怖活动,70年代初就已经开始了,但暂时还没波及孩子们吧。

"我们这代人会做这样的事:我们总爱询问,当那些事件发生的时候,我们自己的生活又是怎样,毕竟因为有那些几乎全部发生在80年代的事件,我们自己的生活才被下了定义,甚至在不知不觉中偏离了原本的轨迹。我一直认为,我们正是通过如此这般的询问,才证实了原来自己并不孤单,才抚平了成长于那个特定年代的种种创伤,才消解了那一份如影随形的脆弱。"(同上)

诸如此类的对话和询问,往往从80年代初期开始,那时毒贩开始了恐怖袭击,一夜之间这个国家全变了。1984年4月,司法部长波尼亚在波哥大街头遭暗杀,他是公开向贩毒活动

宣战的第一人。受雇佣的杀手骑着摩托车，接近了受害人的汽车，射光了迷你冲锋枪里的全部子弹，整个行刺过程甚至没有减速。波尼亚的继任者被一个杀手跟踪至布达佩斯，中了一枪，但侥幸活了下来。1986年10月22日，众议员比亚米萨尔出门时遭两个杀手扫射，但奇迹般地逃脱了。同年12月17日，《观察家报》创始人在报社门口自己的汽车里遇害，杀手朝他的胸口开了八枪，由于撰写攻击毒品交易的社论，他成了国内最受威胁的人之一。在1983年9月至1991年1月间，共有二十六个记者被贩毒集团杀害。1989年8月18日，尽管受着十八个全副武装的保镖的保护，总统候选人加兰仍被自动步枪射杀，因为他发誓要彻底扫除贩毒集团。紧接着又是哥伦比亚航空客机空中爆炸事件，试图杀害接过加兰旗帜的总统候选人加维里亚，该事件造成了一百零七人死亡，但袭击目标正好不在那架飞机上。那一次的大选，总共有四个总统候选人遇害。国家安全部（DAS）的巨型大楼，被一辆携带两吨炸药的卡车炸毁，造成七十人死亡、七百二十人受伤。1989年9月28日，卡塔赫纳的爆炸震动了大地，炸碎了希尔顿酒店的玻璃，炸死了两个在里面开会的医生。从1990年8月30日起，大毒枭连续制造了十起绑架案。1991年1至2月间，麦德林共发生了一千二百起谋杀案——平均每天二十起，每隔四天还会发生一场屠杀。几乎所有的武装组织都一致决定，发动哥伦比亚历史上最残忍的游击恐怖袭

击，而麦德林正是城市行动的中心。在短短几个月时间内，有四百五十七个警察被杀害。1991年2月16日，一辆装着一百五十公斤炸药的汽车在麦德林斗牛广场对面爆炸，炸死了三个士官、八个警察和九个市民，一百四十三人受伤。"人们已经学会了带着对已经发生之事的恐惧生活，但还没有学会带着对可能发生之事的不确定感生活：炸弹将学校里的孩子炸得粉碎，将空中的飞机炸毁，市场里的豆子也会突然炸开。杀死无辜贫民、随处爆炸的炸弹和匿名的威胁电话一起，成了日常生活中最让人不安的因素。"（《一起连环绑架案的新闻》）1991年6月19日，大毒枭埃斯科瓦尔向政府投降，1992年7月22日越狱，1993年12月2日在逃亡途中被击毙。

马尔克斯枚举着这些地狱般的惨案，巴斯克斯那代人则在爆炸声中成长。"那以后我们终于明白了，这场战争同样也在针对我们大家……更多的炸弹出现在了公共场所，可不会有人还当它是什么意外了……那以后接二连三地，更多的罪行发生了，更多的炸弹被引爆了……非比寻常的年代，对吗？人们不晓得几时就要轮到自己。一旦有谁该来的时候没来，大家便会担惊受怕……于是活着就变成了这副样子，随时为自己或许会被旁人杀死而提心吊胆，随时要去安慰亲朋别相信死难者名单中有你的名字。我们待在私人的房子里，还记得吗？我们对公共场所避之不及。朋友的家，朋友的朋友的家，沾亲带故的任何人的家，只要是个私人住宅，都会

强于公共场所。"(《坠物之声》)

整个70和80年代,马尔克斯都生活在哥伦比亚境外,墨西哥或者西班牙,主要是墨西哥,不会像巴斯克斯那代人那样身临其境,在80年代持续不断的恐怖袭击中成长,恐惧成为那一代波哥大人最常见的症状。所以,对于了解那个时代的哥伦比亚来说,除了马尔克斯的《一起连环绑架案的新闻》,我们也需要巴斯克斯的《坠物之声》。

虽然远隔了浩瀚的太平洋,但关于哥伦比亚扫毒战争的新闻,大毒枭埃斯科瓦尔戏剧性的末日,也曾伴随了我自己动荡的八九十年代,所以我才会对他们的这类写作感兴趣。

二

1982年三毛所亲历的哥伦比亚,正处于那个混乱时代的开端,难怪她会写下一篇"控诉"之文。她随身携带的四本旅行参考书,分别出版于英国、澳洲和美国,竟然直截了当地唤它为"强盗国家"。书中在在地警告旅行者,这是一个每日都有抢劫、暴行和危险的地方,无论白昼夜间、城内城外,都不能掉以轻心,更不可以将这种情况当作只是书中编者的夸张。

她初到波哥大的那几天,看见街上每个人都紧紧抱着自己皮包的样子,真是惊骇,心想生活在这么巨大的、随时被

抢的压力下，长久下去总是要精神衰弱的。虽说身上没有任何东西可抢，可是走在波哥大的街上，那份随时被抢的压迫感，却是不能否认地存在着。每天看见街上的警察就在路人里挑，将挑出来的人面对着墙，叫他们双手举着，搜查人的身体，有些就被关上警车了。她的同伴，一个下午两度被警察抓去搜身，关上警车，送去局内。第一回莫名其妙地放了，才走了几条街，不同的警察又在搜人，因他只带了护照复印件，不被承认是证件，便又请入局一趟。她觉得警察抓人时太粗暴了，以后看见警察，她也躲得远远的。

除了因禁毒而产生的紧张外，似乎民风也因此受到了败坏。飞机甫抵波哥大机场，三毛就取下了手指上的婚戒，将它藏入贴胸的口袋。讲好价格才上的计程车，到了旅馆，司机硬是多要了七美元，说三毛西班牙语不灵光，听错了价格。这是哥伦比亚给她的第一印象。住了两日旅馆，第三日布告栏上写着小小的通告，说是房价上涨，一涨便是二十七美元。于是搬旅馆，计程车司机不打表，到了目的地才发现，要的价格绝不合理。别的国家没有那么欺生的。在地摊上买烤肠，一定要她先付钱，烤完了又赖账，说她没付过钱，要她再付一次。哥伦比亚的出境机场税，是三十美元一个人，没有别的国家可以与它相比。飞机场领出哥伦比亚来的行李时，每一只包包都已打开，衣物乱翻，锁着的皮箱被刀割开大口，零碎东西失踪，都是波哥大机场的工作人员留给她的临别纪

念。这就是哥伦比亚,一个非常特殊的国家,总是不按牌理出牌(《一个不按牌理出牌的地方》,收入《万水千山走遍》,1982)。

三毛的文章见报后,正在中国台湾地区服务的一个哥伦比亚籍神父写了封抗议信,为哥伦比亚人辩护。三毛写了封回信表示道歉,检讨自己的所见所闻有限,不该只顾一点而不及其余——不知她心里是否真是这么想的?又不知神父后来会否改变立场?

但马尔克斯的以下一段话,似乎印证了三毛的"控诉":"一种比臭名昭著的海洛因更有害的毒品被引入了民族文化中:赚快钱。这种想法盛行一时:法律是幸福最大的阻碍,学会读写没有用处,像罪犯一样活着比像好人一样活着更好、更安全。一言以蔽之,这是非典型战争时期特有的社会腐化状态。"(《一起连环绑架案的新闻》)

后来,巴斯克斯也像读过三毛似的,写下了如下这段自辩式文字:"除开尽人皆知的历史因由,我在有生之年还不曾听到过任何令人信服的解释,何以一个国家会将一座遥远而又偏僻的城市择为都城。固执、冷淡、疏离,这并不是我们波哥大人的错处,谁叫我们的城市如此。至于对陌生人多有猜忌,那也怪不得我们,毕竟对于他们的出现,我们并不曾习以为常。"(《坠物之声》)他还称波哥大为"遍布虚伪狡诈之徒的城市",称某种客套为"波哥大人那一套假大

空",嘲笑波哥大人的那种道貌岸然是"有本事将自己的一辈子过得好像从来不拉大便似的"。在另一本书里他又写道:"他很喜欢那位擦鞋匠,喜欢他自然的礼仪和端庄的举止:那是在这个不优雅、没教养且粗鲁的波哥大濒临灭绝的物种,波哥大几乎不具备南美城市的特征。"(《名誉》)——可见得三毛并没有瞎写。只可惜她读不到这些了。那我们就代她来读读吧。

(马尔克斯《一起连环绑架案的新闻》,林叶青译。巴斯克斯《坠物之声》,谷佳维译;《名誉》,欧阳石晓译。贝尔-维亚达《马尔克斯访谈录》,许志强译。马尔克斯、略萨《两种孤独》,侯健译。)

2024 年 2 月 10 日

人间王国

海地在法国人的殖民统治之下。殖民者随心所欲地制定法律,不愿受制于巴黎印发的法令和黑人法规定的宽容的反诉。黑奴们一直酝酿着造反暴动:我还要继续洗大锅吗?我还要继续吃竹子吗?连珠炮似的问题一个个从心中迸发出来,激起一片痛苦的呻吟,那是被驱赶去修筑陵墓、塔楼和连绵不断的城墙的人民发出的呻吟。

独臂黑奴麦克康达尔成了拉达祭礼祭司,几次被真神召去赋予奇特的法力,成为司毒药的神;另一个世界的主宰赋予他绝对的权威,指定他担当消灭白人并在圣多明各岛建立一个自由黑人大帝国的使命,他已宣布要打一场灭绝战;成千上万的黑奴信奉麦克康达尔,谁也阻止不了毒物的前进。但他被抓住并被烧死了,奴隶们却认为他得救了,一路笑着回到各自的庄园。庄园主们扫视着奴隶们的脸,但白人哪里懂得黑人的事情。白人老爷大发议论,说什么黑人目睹同伴受刑而无动于衷,还从中引出了一些关于人种差别的哲理性结论,打算在一篇引用许多拉丁文词句的演说中加以利用。

黑奴们对麦克康达尔崇敬如故，把他的故事讲给孩子们听，把颂扬他的歌唱给孩子们听，盼望着他有朝一日重返海地。

白人老爷把庄园托付给了一个亲戚，自己去了巴黎。可是他的想法很快发生了惊人的变化，在巴黎过了短短的几个月之后，他便越来越强烈地怀念起殖民地的一切：阳光，广阔的天地，富足的生活，做老爷的威严，可以随意玩弄的黑人姑娘……这使他明白，多少年来为之奋斗的目标——重返法兰西——已不再是他幸福的关键。往日他咬牙切齿地咒骂殖民地，怪那里气候不好，嫌那帮来历不明的殖民者过于粗野，可这时他却回到了殖民地的庄园，再也不想离开。

法国本土发生了一些事变，一些极有影响的大人物已经声明应该给黑人自由，可是殖民地有钱的庄园主们拒不服从。他们全是些拥护君主制的杂种，对巴黎那帮同情黑人命运的乌托邦傻瓜令人生厌的胡言乱语大为光火：当然喽，坐在咖啡馆里或王宫的拱廊下，在两局牌的间隙，把圣多明各岛想象成《保尔和薇吉妮》中的植物天堂，幻想着各种族的人一律平等，自然非常容易。由一群带有自由主义色彩的百科全书派平民组成的制宪议会决定，把政治权利赋予已获自由的黑奴的子女，还说什么："殖民地可以不要，原则不可丢。"殖民地庄园主对此的回答是抬出内战的幽灵——一个半世纪后，同样的事情又在阿尔及利亚重演。

牙买加人布克芒呼唤黑人再次起义："白人的上帝让他

们犯罪，我们的神灵要我们复仇。我们将得到神灵的引导和帮助，打碎那个喝我们血泪的白人上帝的偶像！响应发自我们内心的自由的召唤！"黑人们用白人的血把手臂染红，然后朝庄园主的住宅冲去，一路高喊杀死庄园主、杀死总督、杀死上帝、杀死所有的法国人。他们被长期得不到满足的欲望所驱使，冲向地窖找酒喝，强奸了几乎所有的白人小姐，还砍下了那么多管家的头。但暴动的黑奴被打败了，就在当年麦克康达尔被烧死的地方，牙买加人布克芒的头颅已经生了蛆。对黑人的大剿灭正在进行，一对对背靠背捆在一起的黑奴等着被砍头，因为火药省下来另有他用。

无政府主义席卷了全世界，殖民地即将崩溃，现在再也无法控制黑奴了。隔壁的西班牙人将向他们提供武器，因为西班牙、法国的殖民者势不两立。一些提倡人文主义的雅各宾党人也在慷慨激昂地为奴隶们的事业呐喊，送来了共和二年雨月十六日（1794年2月5日）废除奴隶制法令。一个信奉伏尔泰思想的神甫，自从了解了《人权宣言》，便对黑人明确表示同情。卢维杜尔从美国人那里购买武器弹药，德萨利内这次进行了超乎寻常的准备，海地人终于推翻了白人的殖民统治，现在是克里斯托夫国王在掌控着国家。

一个获得自由的老黑人回到了海地，行走在一块废除了奴隶制的土地上。他看到地里有许多人在手持皮鞭的士兵监视下耕作，那些士兵不时地朝某个偷懒的扔去一块卵石。监

督干活的是黑人,干活的也是黑人。然后他停下脚步,呆若木鸡,望着有生以来从未见过的最意外、最雄伟的景象:在一片山上耸立着一座粉红色的宫殿。最使他吃惊的是,他看到这个连法国总督都未曾领略过的奇妙世界竟是一个黑人的世界:漂亮夫人是黑人,政府部长是黑人,宫廷厨师是黑人,轻骑兵也是黑人,所有人都是黑人。他明白自己来到了无忧宫,那是克里斯托夫国王喜爱的住处。这个国王就是当年王冠旅社的老板,如今让人把他名字的首字母铸在钱币上,底下还铸上了一句骄傲的口号:"上帝、我的事业和剑。"

老黑人背上挨了结结实实一棍子,一个卫兵踢着他的屁股,把他和其他几个囚犯一起押解到主教帽山的山脚下,加入进了由儿童、孕妇、老人组成的长长的劳役队伍,把大堆的建筑材料搬上山去。千百人在鞭子和枪口的监视下,在那座巨大的拉费里埃城堡里干活。这项工程十二年前就已经开始了,整个北部地区的居民都被抓来修筑这座难以置信的城堡,一切抗议的企图均被扼杀在血泊之中。老黑人想到无忧宫里的一切,统统都是役使奴隶的结果,这和他当年在白人老爷的庄园里所遭受的那种奴役同样可恶。不,现在的情形更糟,因为挨同为黑人的打是最大的不幸。

成了孤家寡人的黑人国王坐在宝座上,默诵着所有公文上必有的那段开场白:"朕作为蒙受天恩并为国家宪法所确认之海地国王,龟岛、戈纳夫岛及周围岛屿的君主,暴政的

铲除者,使海地民族获得新生的大救星,海地道德、政治、军事体制的缔造者,新大陆的第一位加冕君主,信仰的捍卫者,圣亨利王家军事教团的创始人,向现时以及未来的所有海地人致以……"但黑夜里响起了震天动地的鼓声,四面八方的鼓声朝着无忧宫逼近,无忧宫里所有的镜子在同时燃烧,国王趴在自己的血泊中慢慢咽了气,尸体被扔进了建筑城堡的灰浆里,整个主教帽山变成了海地国王的陵墓。

老黑人是带头洗劫无忧宫的那批人之一,他开始清楚地认识到有一种使命要完成。但他从一个逃难的人那里得知,种地已成了强迫劳动,黑人被监视着在地里干活,现在是主张共和的黑白混血种人——北部平原的新主人——在挥舞鞭子。当年率领黑奴起义的那些人,可没预见到强迫劳动这回事。黑白混血种人上台是件新鲜事,现在,旧庄园、特权、官职,又统统落入了他们手中。白人庄园主的管家、克里斯托夫的卫兵、现在这些黑白混血种人,全都是一路货色。老黑人再三琢磨,就是想不出有什么办法可以解救他的再次遭鞭笞的人民。老黑人面对这无穷循环的锁链,这灭而又生的镣铐,这不断繁衍的苦难,开始绝望起来(那些最逆来顺受的人最终接受了这一切,以为那是所有反抗终归无效的证明)。

老黑人行将就木,他向新主人宣战,命令他的人民向那些得了高官厚禄的黑白混血种人的威风凛凛的建筑发起进攻……(《人间王国》,1949)

此后的人们直至我们都知道，老黑人的宣战注定仍是徒劳——海地是拉丁美洲第一个挣脱殖民锁链的国家，但直到目前仍是拉丁美洲最动荡贫困的地区。

种族矛盾说到底也是阶级矛盾。海地的历史正印证了鲁迅的话："用笔和舌，将沦为异族的奴隶之苦告诉大家，自然是不错的，但要十分小心，不可使大家得着这样的结论：'那么，到底还不如我们似的做自己人的奴隶好。'"（《半夏小集》二，收入《且介亭杂文末编》，1937）——当然这话也完全可以反过来说。

卡彭铁尔的《人间王国》，宛如鲁迅之言的实证。

（卡彭铁尔《人间王国》，盛力译。）

2024年2月24日

光明世纪

18世纪是"光明世纪"(或"启蒙世纪")。以伏尔泰、卢梭的思想武装起来的法国人掀起了大革命的浪潮,推翻了封建专制统治,以《人权宣言》《法国宪法》《废奴法令》等开创了人类历史的新纪元。

虽然慢了一拍,大革命的浪潮也涌到了美洲,整个美洲都开始动荡起来。"自由""幸福""平等""人的尊严"等新名词开始在人们的讲话中不断重复,用以说明急需发生一场大火,来一场像世界末日似的大扫除。昨天还在购买黑奴并驱使他们在庄园里干活的人,却关心起奴隶的命运;在腐败的殖民政府庇护下大发横财的人,却非议殖民政府的腐败;渴望国王赐予贵族封号的人,却开始议论独立的可能性。在殖民地的有钱有势者中,普遍产生了在欧洲促使那么多贵族为自己架设断头台的同样的精神状态。鼓吹革命的书籍由于法国大革命朝意外的方向发展而早已过时,然而这里却在阅读那些书籍,这简直落后了四十年。

宗主国政府倒是同自由派部长们妥协了,然而对铲除在

其殖民地上的先进思想却十分坚决。殖民地当局害怕在欧洲游荡的幽灵,有关法国革命的消息当地报纸只用几行字加以报道,而且是夹在戏剧节目和吉他广告之间的。他们拒绝执行国民公会关于具有充分文化修养的黑人和混血种人都可以被授权在圣多明各担任任何公职的决定。

海地北部地区爆发了黑人革命,随着暴动的蔓延,当局控制不了局势。黑奴们在圣多明各岛对白人实施了大屠杀,对主人的女儿们横施暴虐,太子港城区被包围在熊熊烈焰之中,码头下漂浮着的尸体上有海蟹爬来爬去。整个古巴岛上正在悄悄地发生骚动,有钱的庄园主们天天提心吊胆,生怕有黑人的阴谋组织在鼓动黑人像圣多明各岛上的黑人那样闹事。许多人口袋里都揣着法国坏蛋的宣传品。夜里有些神秘人物在城里墙上张贴传单,以思想自由的名义欢呼法国革命,并宣布即将在公共广场上架起断头机。任何一个黑人稍有暴力表示,就会被看作有叛乱意图。

到处都刮起了谋反之风。风暴从瓜德罗普岛刮到圭亚那,又从圭亚那刮到委内瑞拉和新格拉纳达——从那里传来了政局动荡的消息,再由此刮向南美大陆的另一边,有巴洛克式宫殿建筑的秘鲁。正是在那里,人们通过耶稣会士古斯曼之口,发出了南美大陆要独立的最初呼声,而这种对独立的要求只能理解为革命。在腐朽的欧洲夭折的事业,将在这片土地上实现,这样的史诗正在这里诞生。

一个专员被国民公会派往瓜德罗普岛。一支向美洲航行的舰队不高悬十字架旗帜,这还是头一次。哥伦布的船队是把十字架画在帆布上的,那是以救世主的名义强加于新大陆人民头上的奴隶制标志,而这次是去废除特权、倡立平等的。舰上携带了三样最重要的必需品:印刷机、断头机和大炮,还有共和二年雨月十六日(1794年2月5日)废除奴隶制法令——第一架断头机随同自由一起来到了新大陆。"今后所有人,不分种族,凡家住在我们殖民地的,都是法兰西公民,享有绝对平等的权利。"专员一字一顿地说。到处都张贴着宣布废除奴隶制的布告,被白人老爷监禁的爱国者们都被释放了。专员坚信,鼓动西班牙美洲的思想必须从这个岛传播出去。过去法国在西班牙有拥护者和同盟者,在美洲大陆也必定会有,也许人数会多得多,因为在殖民地,对旧制度心怀不满者远比在宗主国多得多。法属圭亚那也贴出了告示:"不存在主人和奴隶了……所有直到目前被称为在逃黑人的公民,都可以回到他们的弟兄们身边,他们的弟兄将保护他们,保证他们的安全,让他们愉快地享受人的权利。曾经的奴隶可以在将要结束或开始的劳动中同他们的主人平等相待。"

不过,法属圭亚那的一个瑞士种植园主说,黑人并没有等待法国人来无数次地宣布他们为自由民,法国大革命在美洲做的全部工作,就是使16世纪以来从未停止过的黑奴大逃

亡合法化了。他细数南美大陆过去不断发生的黑人暴动,然后得出结论说,著名的雨月法令并没有给这个大陆带来什么新东西,只是为一直在发生的黑人大逃亡增加了一条理由。

然而,理想很美好,现实却骨感。专员现在依靠广大被解放了的奴隶,他们由于具有光彩的公民身份而兴高采烈,同时却出现了管理方面的问题:这帮原先的奴隶知道已经没有了主人,无须听人摆布,便不耕种土地了……而对以爱国主义为借口拒绝耕作的人却不能严惩。专员虽然大肆宣扬雨月法令如何崇高,对黑人却不太同情,他常常以尖刻的语气说:"我们把他们看作法国公民,就够可以了。"他在圣多明各长期生活过,还有某些种族偏见。圣多明各的殖民者对待奴隶特别残酷,把他们说成懒鬼、白痴、小偷、潜在的逃亡者、一无所长的人,驱使他们从日出工作到日落。共和国的丘八十分喜欢混血女子,对黑人却不放过鞭打的机会。黑人和白人在战争中亲如手足,在和平时期就互不相认了。当专员得知,很多黑人声称他们是自由人了,拒绝在征收来的庄园里耕种,便下令逮捕一些不听话的人,判处他们上断头台。他临时下令实施强迫劳动,任何黑人,凡被指控偷懒或抗命、犟嘴或反抗,一律处死。为了惩戒全岛,断头机被载向各地。黑人已被宣布为自由公民,但那些未被强征去当兵或当水手的黑人,仍和过去一样,在工头鞭子的驱使下从日出劳动到日落,而且在工头的背后还有无情的断头机的影子。

在卡宴,有几个理论上已经自由了的黑人站在木板台上示众,他们的脚腕被铁圈锁在一根铁条上,这是为了惩戒懒惰。救国会前委员咬牙切齿地后悔道:"想想吧,我们给了这些人自由!""如果再搞革命,就不能给那些不知以何等代价争得自由的人以自由,我要撤销共和二年雨月十六日法令。"

干革命海盗成了一桩生意兴隆的买卖,专员派出海盗舰队去抢掠敌国的商船。他们遇到了一艘西班牙贩奴船,船员已被暴动的黑奴抛入海中,黑奴们要求得到法国人的保护,因为整个非洲海岸都已经知道,法国废除了其美洲殖民地的奴隶制,殖民地的黑奴都成了自由公民。船长答应了黑奴们的诉求,然后把他们转运到一个荷属岛上,在那里把他们都卖掉了。"这太无耻了!难道我们取消奴隶贸易就是为其他国家充当黑奴贩子吗?"有部下抗议道。船长出示了专员的亲笔指令:"法国根据其民主原则,不能进行黑奴买卖。但海盗舰长如认为适宜或需要,有权在荷属港口出卖从英国人、西班牙人或法兰西共和国的其余敌人手里夺得的奴隶。"船长觉得还须援引一个匪夷所思的案例:"咱们生活在一个疯狂的世界。大革命前,在这一带岛屿间有一艘贩奴船游弋,船主是个哲学家,还是让-雅克的朋友,你猜那艘船叫什么名字?社会契约号!"——被事态的发展搞得紊乱模糊、支离破碎得难以想象而又褒贬不一的,莫过于卢梭的《社会契约论》了。无独有偶,就在大革命如火如荼的时候,在法国

大西洋、地中海沿岸的各港口里，也依然到处是满载呻吟的奴隶的贩奴船，几内亚的黑人买卖是革命派商人的主要贸易。那艘臭名昭著的"和善的理查德号"，船名令人想起富兰克林那本《可怜的理查德历书》，真是莫大的讽刺。

欧洲的殖民者为了各自的利益在美洲互相拆台。法国政府的首要目标是重申共和国在美洲法属殖民地的权威，使用一切手段反对分裂倾向，收复（如果必要）可能已经丧失的领土。西班牙人暗助海地人反抗法国人，法国人在古巴煽动造西班牙人的反。一个教士揭露说，法国人给黑人自由，不过是殖民地政策的需要："不要老是说雨月法令是犯了革命人道主义的高尚错误，桑托纳（废奴主义者）在圣多明各的时候，以为西班牙人会侵犯那块殖民地，就自作主张宣布黑人自由了。这比你们在国民公会宣布法国海外领地的所有居民一律平等而激动得流泪要早一年。在海地，宣布黑人自由是为了赶走西班牙人；在瓜德罗普岛，是为了更有把握打败英国人；在这里（卡宴），是为了制服那些企图同英国人、荷兰人联合的财主和老阿卡迪亚人……纯粹是殖民地政策！"法国人把特务派到苏里南，企图在雨月法令的影响下，在那里煽动奴隶全面起义，之后乘机吞并那块殖民地。尽管那时荷兰是法国的同盟者，法国人的行为明显是背信弃义。

波拿巴似乎对在美洲继续搞革命并不关心，在法国殖民地的普遍倾向是恢复旧制度，紧接着就是给奴隶们重新套上

了枷锁。在加勒比地区传出了一则该死的消息：公布了共和十年花月三十日（1802年5月19日）法令，该法令宣布在美洲的法国殖民地恢复奴隶制，同时宣布共和二年雨月十六日法令无效。还将恢复1789年以前的殖民地制度，这样，那狗屁革命所干的人道主义就一扫而光了。在瓜德罗普岛、多米尼加岛和玛丽-加朗特岛，人们在发布这条消息时要鸣炮、放烟火；同时，数千名昔日的"自由公民"在棍棒交加下重新被送进原来栖身的棚寮。昔日的白人老爷们带着猎犬到山野去搜捕原先的奴隶，给他们重新戴上枷锁，交工头们看管。这种搜索十分猖獗，很多在君主制时代获释而后来成为小店主或拥有小块土地的黑人害怕在混乱中被当成奴隶抓走，纷纷收拾细软，准备逃往巴黎。但是，一个新的法令——穑月五日（6月23日）法令及时制止了他们的逃跑企图，该法令禁止任何有色人种进入法国。波拿巴认为在宗主国的黑人太多了，他担心会给欧洲血统渗进"自从摩尔人入侵以来在西班牙扩散的血液特色"。

前专员被波拿巴相中，作为执政官的代表，前往领导卡宴政府。他在难以压抑的狂喜中制定好行动计划后，等到黄昏，城门关上了，附近庄园全被军队占领；晚上八点钟，炮声一响，所有因雨月法令获得解放的黑人都被主人和士兵包围，一个个被抓起来押送至马雨利河两岸的小平原上。八年前，前专员靠雨月法令起家，为了废除奴隶制，他表现出坚忍不

拔、近乎超凡的毅力；而现在，他在卑鄙的花月法令前却步，在恢复奴隶制时又表现了同样的毅力。"我是政治家，如果恢复奴隶制是政治的需要，我就应该倒向这种需要。"简直不可思议，但是确有其事：救国会前委员也开始购置庄园、购买奴隶了。他还如梦初醒道："我完全明白了，黑人生来就有许多坏习惯，他们缺乏理智和感情，只懂得用恐怖手段强加的秩序。"

卡宴、锡纳马里、库鲁以及奥亚波克河和马罗尼河两岸都处在恐怖之中。不屈服的或反抗的黑人被打死、肢解、砍头、处以酷刑。许多黑人被钩子钩住肋骨挂在屠宰场里。各地都发起了猎杀黑人的活动，在烧毁茅屋的熊熊烈火中，高明的射手以枪杀黑人取乐。烈火从村寨蔓延到田野，火光映红了天空，在这块因流放犯人而留下了许多插着十字架的墓地上，现在出现了骇人的绞刑架，或者更为糟糕的，是在繁茂的树枝上挂着一串串尸体，尸体肩上停留着兀鹰。卡宴又变成了令人厌恶的土地。

这就是所谓的"光明世纪"（或"启蒙世纪"），也是卡彭铁尔的《光明世纪》（1962）的主要内容。了解了所有这些乌烟瘴气，才会更懂得玻利瓦尔对欧洲人的那声怒喝："就让我们安安静静地走过我们自己的中世纪吧！"

还在略萨的《绿房子》（1966）正式出版前，科塔萨尔就读过了小说的手稿，1965年8月18日他致书略萨："我

一想到咱们谈论卡彭铁尔的话就想笑,你那时毫无保留地捍卫他。但是伙计,等到你的这本书出版后,《光明世纪》就会被彻底比下去啦,就像我当时说的一样,它会因为过时而被扔到杂物堆的角落里,以后的人只会把它看作练习风格的习作。你代表美洲,你的作品是真正的美洲之光,讲的是真正的美洲故事,你有能力成为美洲文学的希望。"(《从马尔克斯到略萨:回溯"文学爆炸"》,2015)——其然岂其然乎!就书信而言,说对方的好话,说别人的坏话,都是不能当真的。《光明世纪》也许真会被比下去,但要说它过时则为时尚早吧。我手头就有一个现成的例子。

加莱亚诺并不认识卡彭铁尔,但想着总有一天一定去见他,为的是告诉他,1973年乌拉圭发生军事政变、实行独裁统治后,蒙得维的亚的监狱中发生过这样一件事情:"我想告诉您,堂阿莱霍,囚犯们想读《光明世纪》却不可得。看守们放了一本书进去,但是囚犯们没办法读下去。阿莱霍,囚犯们一遍一遍开始朗读,又不得不一遍一遍放下书。您带他们去了海边,感受海浪的喧嚣打碎在大船的龙骨上。您为他们展示了破晓时分天空的脉搏。所有这些,让他们没法继续读别的书。"加莱亚诺告诉卡彭铁尔:"我想给您讲这些故事,阿莱霍,然后把它们留给您,因为它们是属于您的。"(《爱与战争的日日夜夜》,1978)

（卡彭铁尔《光明世纪》，刘玉树译。埃斯特万、奎尼亚斯《从马尔克斯到略萨：回溯"文学爆炸"》，侯健译。加莱亚诺《爱与战争的日日夜夜》，汪天艾译。）

2024年2月29日

诺贝尔奖之幽灵

1982年,马尔克斯获得诺贝尔文学奖,有些老熟人的反应比较特别。多诺索夫人塞拉诺说,"这对博尔赫斯来说很遗憾"(《"文学爆炸"的家长里短》,1982);略萨表示如果自己是评委,"我会把票投给博尔赫斯"——"如果抛开任何背景因素(毅平按:大概指六年前略萨挥向马尔克斯的那记勾拳吧)的话,这句话应该也是所有人的心声。在国际文化界有一个共识,大家都认为诺贝尔文学奖由于政治原因没有颁给博尔赫斯是一次严重的犯罪(毅平按:没那么严重吧,没那么有共识吧)。博尔赫斯的遗孀玛利亚·儿玉在接受我们的私人采访时表示,就在智利皮诺切特政府宣布要给博尔赫斯颁发勋章的同一年(1976),她接到了阿图尔·隆德奎斯特打来的电话。阿图尔是瑞典学院常务秘书长,而且是该机构唯一一个懂西班牙语的人,他有提名西班牙语作家作为诺贝尔文学奖候选人的权力,他在电话中表示希望博尔赫斯不要到智利领取勋章,因为那是由高压独裁政权颁发的荣誉,而且他还威胁博尔赫斯说如果后者去领奖的话,那

么诺贝尔文学奖就永远都不会颁发给他。玛利亚·儿玉补充说,博尔赫斯在某个时刻也有过不去领取勋章的想法,但是接完那通电话之后他反而不再犹豫了。他去了,领了奖,他赢了,但是却永远失去了诺贝尔文学奖。"(《从马尔克斯到略萨:回溯"文学爆炸"》,2015)

而对于博尔赫斯始终没能获得诺奖一事,尤其是对于博尔赫斯接受皮诺切特勋章一事,马尔克斯也有自己的独家情报与独特解释:"另外还有一种传言,说博尔赫斯在1976年的5月已经被选定,然而在10月的最终投票中没有当选……真实情况是,那一年的9月22日——就在投票一个月之前——博尔赫斯做了件与他精湛的文学创作毫不相干的事:他在一个庄严的场合拜访了皮诺切特将军。'能受到您的接见我万分荣幸,总统先生,'在那次倒霉的演说中他这样说道,'在阿根廷、智利和乌拉圭,自由与秩序正在被拯救。'他完全是自顾自地继续说道。他的结束语异常冷漠:'这一切发生在一个无政府主义的、被共产主义侵蚀破坏了的大陆上。'不难想象,接二连三说出那么多的荒唐话只有一种可能,那就是拿皮诺切特寻开心。可瑞典人不懂布宜诺斯艾利斯人的幽默感。从那时起,博尔赫斯这个名字便从各种预测中消失了。"(《诺贝尔奖之幽灵》,1980)

综合儿玉的说法和马尔克斯的情报,我们觉得博尔赫斯之所以无缘诺奖,可能确与接受皮诺切特的勋章有关,尤其

这一接受还带有挑战诺奖的成分；但其致词是否果如马尔克斯所言，其实是一种幽默感和寻开心的表现，则只能看我们相信马尔克斯到几分了。

顺便说一句，该年度诺贝尔文学奖的获奖者是美国作家索尔·贝娄——马尔克斯说他是在最后一刻被仓促选出来以替代博尔赫斯的。

若干老熟人的反应虽有点煞风景，但究其实马尔克斯也是咎由自取。与几乎所有人毫无保留地倾倒于博尔赫斯不同，马尔克斯对博尔赫斯的态度从来就是矛盾的：博尔赫斯是他读得最多却又最不喜欢的作家，他"既是他贪婪的读者又是他政治上的对手"（同上）。简单地说，他喜欢博尔赫斯作品的语言，但不喜欢博尔赫斯作品的内容，更不喜欢博尔赫斯的政治立场。在1967年9月7日与略萨的对谈中，谈到博尔赫斯的幻想小说时，马尔克斯说："不过，尽管我觉得科塔萨尔是个地道的拉丁美洲作家，博尔赫斯依然没给我同样的感觉……我觉得博尔赫斯写的是一种逃避型文学。谈到博尔赫斯我觉得有件事情值得一提：博尔赫斯是我读得最多的作家之一，过去读，现在也读，但同时也可能是我最不喜欢的作家。我读博尔赫斯是因为他驾御语言的杰出能力；他是可以教授写作的人，也就是说，他会教你如何打磨语言工具，来用它更好地写作……我认为博尔赫斯做的是利用想象的现实进行创作，这是一种纯

粹的逃避型写法,而科塔萨尔不是这样……就我个人而言,我不喜欢那种文学。""我很钦佩博尔赫斯,我每晚都读他的作品。我从布宜诺斯艾利斯来这儿时就随身带着一套《博尔赫斯全集》。我把它们装在行李箱中,每天都读,可同时他又是我所憎恶的作家……不过我很欣赏他'演奏'用的'小提琴'。也就是说,我们需要博尔赫斯教我们开发语言的潜能,这也是个很严肃的问题。我认为博尔赫斯的非现实本身也是虚假的,它不是拉丁美洲的非现实。"(《两种孤独》,2021)在1967年9月5日的另一次访谈中,马尔克斯也说:"他什么也没说。我尊敬他,但我更多是在'利用'他。我阅读他的目的比较单纯,他驾御语言的能力、编织故事的能力让我欣赏,但是在这些东西的背后我什么都没有找到。彻头彻尾的空洞。他的作品是场美妙但空洞的游戏。"(同上)至少在拉丁美洲,他对博尔赫斯的这种态度也许犯了众怒——其实加莱亚诺对博尔赫斯也有与马尔克斯相似的微词:"除了过去存在的真实,祖辈的过去里的真实,懂得如何命名真实的人在书本中书写的真实,他不承认任何其他真实。其他一切都是云烟。以极致的精细和尖锐的智慧,博尔赫斯讲述'世界恶棍列传'。但对本国的恶棍,他身边的恶棍,他一无所知。"(《火的记忆III:风的世纪》,1986)此外,虽然马尔克斯拼命强调科塔萨尔与博尔赫斯之间的区别,但其实科塔萨尔承认过

自己受到了博尔赫斯的很大影响。后来马尔克斯对博尔赫斯未能获得诺奖原因的解释,是他对自己这种态度的解嘲,还是对博尔赫斯释放的善意,还是也在拿博尔赫斯寻开心?

而博尔赫斯也拿马尔克斯寻开心:当身边人给他读完了《百年孤独》后,他说他觉得那本书多写了五十年(《从马尔克斯到略萨:回溯"文学爆炸"》)。在1981年的一次访谈中马尔克斯说:"我做了一些计算,发现不止孤独了一百年,但把这本书叫作《一百四十三年的孤独》,听起来就会不对头的。我弄成个整数。结果证明这是个明智的决定。"(《马尔克斯访谈录》,2006)博尔赫斯嘲笑过人们对于整数的偏好,借机点穿了《百年孤独》书名玩的小把戏?马尔克斯也会把它解读为阿根廷人的幽默吗?

但不管怎么说,博尔赫斯阴差阳错终于没能拿成诺奖,确实大大增加了马尔克斯的获奖机会,也难怪老熟人们的反应会有些古怪了。

马尔克斯的运气可能也跟下面这件事有关。在瑞典学院的诺贝尔文学奖评委里,伦德克维斯特在西班牙语文学方面的权威,与马悦然在汉语文学方面的权威相当,都是具有举足轻重提名权和投票权的人。早在获得诺奖的多年前,马尔克斯就有幸认识了他,还参观过他的住宅与书房。"瑞典学院里唯一一位能用西班牙语流畅阅读的是诗人亚瑟·伦德克维斯特。是他了解我们作家的著作,提出候选人并为他们进

行秘密的战斗。尽管本人很不愿意,但这还是让他变成了一个遥不可及的谜一样的神灵,从某种意义上说我们的文学作品在世界范围的命运就取决于他……几年前,在这座房子里吃了一顿典型的瑞典晚餐——温啤酒就凉肉——之后,伦德克维斯特邀请我们到他的书房喝咖啡。我被眼前的景象震惊了。那里有数量难以置信的西班牙语写成的书,良莠混杂,几乎所有的书上都有作者的题词,其中有还活着的、已经垂垂老矣的和在等候中死去的。我向诗人提出想看几篇题词,他带着一种同谋共犯似的微笑同意了。大多数题词都写得极为亲切,有几篇则直击心灵,搞得我写题词的时候感觉好像连仅仅签个名都会显得冒失。这复杂的人心啊,真是见鬼!"(《诺贝尔奖之幽灵》)唉,不知马尔克斯在这次千载难逢的良机中使了何种魔法,让这位瑞典学院的神灵在若干年后就把诺奖赐给了他?

忽然又想到,也许,这里所有的描述也都可以转用于马悦然吧?想象在马悦然的书房里也有着一番极其相似的景象,只不过所有赠书都是中文的并且都有中文题词,大多数题词也都写得极为亲切乃至直击心灵,应该不是什么难事吧?

(多诺索《"文学爆炸"亲历记》,段若川译。埃斯特万、奎尼亚斯《从马尔克斯到略萨:回溯"文学爆炸"》,侯健译。马尔克斯、略萨《两种孤独》,侯健译。马尔克斯《回到种子里去》,陶玉平译。

加莱亚诺《火的记忆Ⅲ：风的世纪》，路燕萍等译。贝尔-维亚达《马尔克斯访谈录》，许志强译。）

2024年3月3日

跋

我自幼喜读域外说部,囫囵吞枣,鲸吞虎咽,几十年下来,也积累了不少读书心得。后来又有机会浪迹西东,得以读书行路相生相发,更是迷途忘返、乐不思蜀。于是就有了几部相关的拙著,如《东洋的幻象》《西洋的幻象》《远西草》《中西草》之类,留下了我不务正业的证据。

从上世纪 80 年代初起,我便开始读拉美西葡文学,断断续续读了四十来年。赋闲后长日多暇,又集中读了一批。本书便是其间产生的一些读书笔记,集中整理、撰写于去年秋至今年春之间,合计三十来篇。书名采用《南洋的幻象》,既是为了与已出的两种拙著相呼应,也是因为拉美人自居于地球的南方(早期的西班牙殖民者甚至把太平洋叫作"南海""大南海"),自认为与北方(北美)相顾独立,或与东西方(亚欧北美)鼎足而三(他们没注意同处南方的非洲,而澳洲则习惯上被归入西方),最终目的则是从南方变成西方乃至北方。另外,就像多诺索夫人塞拉诺提到的,一些加泰罗尼亚作家甚至把西班牙也归入"南美"范畴,至少把卡

斯蒂利亚也包括在内，因为它们都是说卡斯蒂利亚语的（《"文学爆炸"的家长里短》）。或像萨拉马戈的《石筏》所隐喻的，不仅仅是卡斯蒂利亚或西班牙，整个伊比利亚半岛都属于南方："作为历史上葡萄牙人对欧洲鄙视的集体愤怒的直接后果（更准确地说是我自己愤怒的结果），我当时创作了长篇小说《石筏》，关于整个伊比利亚半岛摆脱了欧洲大陆，变成一块巨大的漂浮的岛屿，不用桨，不用帆，不用螺旋推进器，完全自行朝南方漂行……"他甚至断言："欧洲，整个欧洲应该移向南方以帮助平衡世界，作为对先前和当下的殖民主义伤害的补偿。"（1998年12月10日在诺奖颁奖典礼上的演说《人物如何当上师父，而作者成了他们的学徒》）而对于中国人来说，最初的伊比利亚半岛人是从南洋来的，明人甚至以回商舌人对他们的误称"佛郎机"（"法兰克"的讹音）称之，还以为它就在满剌加或爪哇附近，甚至就是郑和下西洋时路过的喃勃利（喃渤利、南渤利、南浡里），那可是国人心目中传统而正宗的"南洋"。故本书将拉美西葡文学归为一类，起了如是这个书名，而以副标题明确其地理、语言范围，似通非通，也就不管不顾了。此外，细心的读者也许注意到了，本书副标题说的是"拉美西葡文学"，而不是通常所说的"西葡拉美文学"。这当然也是出于一己私见：经历了上世纪拉美的"文学爆炸"以后，世界文学的版图早已被改写过了，我觉得自己的表达更加实事求是，用俗套的

话来说也更加"后殖民"。

我写读书笔记，不取全知视角，不用全能语气，不做理论附庸，不拍作者马屁，不贴标签，不玩术语，不煲鸡汤，不谈八卦，只写一己的管窥蠡测，有时简直就是在抄书，不登大雅之堂可想而知，读者当尽量放低心理预期。

本书各文的排列顺序，大致依写作时间先后。我没有倚马可待的本事，写文章习惯于不断推敲，故很难有确切的完稿时间。现在文章后面标记的日期，只是我开始写作该文的时间，大致做个标记的意思而已，不代表该文只是那天写的。各文的写作地点均为上海。

在各文的后面，附注了该文所涉作品的译者，以向他们的辛勤劳动致敬；但为避免琐碎，省略了出版信息，因为很容易在网上查到，且有些也不止一个版本，我读的未必是读者有的。外国人名的译名，各译本或不统一，本书仅据所引用者；如所引用者有分歧，则选择其中之一。拉美西葡人的姓名称呼习惯与我们不同，除非过于生僻或易致歧义，否则为避免繁琐，尽量按中国习惯，也尊重约定俗成，只称其父姓或母姓之一，引文里的有时也如此处理。译文偶或有误，径改不作说明，但肯定改必有据。

感谢黄琪雯君不厌其烦地帮我解决了许多西语方面的疑问。感谢王敏先生玉成本书出版、蒋逸征君精心编辑本书，继东西洋的幻象之后，使本书有幸得以问世，再綸于此有

同好的读者。

邵毅平
2024年5月22日识于沪上阅江楼

图书在版编目(CIP)数据

南洋的幻象：拉美西葡文学札记 / 邵毅平著 .
上海：上海文化出版社，2024.7. -- ISBN 978-7-5535-3008-6

I.I106

中国国家版本馆 CIP 数据核字第 2024JH4084 号

南洋的幻象：拉美西葡文学札记
邵毅平　著

责任编辑：蒋逸征
装帧设计：王怡君
封面摄影：邵　南
书名题签：邵　南

出　版：上海文化出版社　上海咬文嚼字文化传播有限公司
地　址：上海市闵行区号景路 159 弄 A 座 2—3 楼
邮　编：201101
发　行：上海市闵行区号景路 159 弄 A 座 206 室
印　刷：浙江天地海印刷有限公司
规　格：787×1092　1/32
印　张：7.625
版　次：2024 年 7 月第 1 版　2024 年 7 月第 1 次印刷
书　号：ISBN 978-7-5535-3008-6/I.1165
定　价：48.00 元

告读者：如发现本书有印刷质量问题请与印刷厂质量科联系
电　话：0573-85509555